KB153864

나무를 향한 예의

나무를 향한 예의

성지혜 소설집

도화

차 례

명품 자화상

목안, 꿈을 그리다.

제목과 더불어 베이지 종이에 인쇄된 목기러기의 인물이 훤하다. 하도 귀공자처럼 귀티가 나서 생생히 살아 움직이기도, 세상을 훤히 밝히는 것 같기도 하다. 이목구비가 시원하고도 매끄럽고 몸통은 군더더기 없이 날씬하다. 꼬리도 얌전히 접어 뒤끝이 깨끗하다.

구자인애는 스승의 훈계를 기억한다. 사람의 인생살이도 뒤끝이 깨끗해야만 앞앞이 잘도 풀리는 법이라는 걸. 부리도 세상의 허섭스레기와는 담쌓듯 고고하다. 더욱이 눈동자도 세상의 잡념 따윈 아예 상종도 안 하겠다는 듯 청청해 보인다. 일테면 빼어나게 잘생긴 목기러기다.

가회동의 선화랑에는 초청 인사들이 축배를 든다. 서로 마주치는 포도주잔이 쟁쟁거리며 화목한 분위기를 돋운다.

구자인애가 먼저 인사말을 한다.

"새해를 맞이하기 전, 정다운 분들과 화목을 다지기 위해 이 자리를 마련했습니다. 우리의 삶이란 결국 나란히 손잡고 나아가는 화평이 우선 아니겠습니까."

초청 인사들은 〈목안을 사랑하는 사람들〉의 회원들이다. 12명이 99개의 목안을 선보였다.

"일백 개라면 더 좋을 텐데, 하나가 빠졌군예."

길안순 여사가 아쉬워한다. 수장한 것 중에 하나를 더 채웠다면 완전한 숫자가 될 거라며. 무려 팔십여 개의 목안을 수장한 길안순 여사가 이번 전시회에 출품한 것도 삼십 개나 된다.

"세상에 완전함은 없는 거거든요. 일백 개 자리엔 나의 모습을 새김질해 보는 것도 괜찮은 거라 싶어서."

구자인애가 여유롭게 나온다. 원장은 〈예사랑〉 고미술 전문지 주간이기도 하다. 선화랑 건물의 일층과 이층은 전시실, 삼층은 〈예사랑〉 사무실로 사용한다.

"그러고 보니 인생살이란 굽이굽이 도는 고갯길 아니던

가요. 탄탄한 길이 있으면 꼬불꼬불한 길도 나오고, 슬픔 뒤에는 기쁨이 오고, 고통도 뒤따르는."

그 모임의 김종학 회장이 삶의 정수도 곁들인다.

"환자들의 치료에 남다른 기능을 지닌 닥터님이야말로 인생의 묘미를 터득한 분 아닌지요."

구자인애가 김종학 회장의 직업을 반석 위에 올린다.

"고맙구려. 내 직업에 동그라미를 그리니. 만일 가위표를 쳤다면 이 녀석을 열두 토막 내어 우리 회원님들께 진상할 텐데."

김종학 회장이 선전지를 들고 흔든다.

회원들은 일층 가장자리에 놓인, 선전지에 인쇄된 목안에 초점을 맞춘다.

"끔찍하지만 선물치곤 고단백이라 제가 회원님들께 통사정해 그것들을 거둬들여 조각조각 붙여 복원하면 좀 좋으리. 그나저나 제가 지닌 것 중에 저 님과 비길만한 게 없으니 어쩝니껴?"

길안순 여사가 김종학 회장을 쳐다본다. 목안을 두고 녀석과 님으로 달리 부르는 그들에겐 이십 년의 나이테가 원을 그린다.

"나의 손을 거친 이백여 개 중에서 저 녀석 하나를 선택해 겨우 호적에 올린 정도랄까."

6·25 전쟁으로 이산가족 된 김종학 회장은 북녘에 두고 온 아내를 못 잊어 홀아비 신세를 면치 못한다. '호적' 운운은 자식처럼 아낀다는 뜻이다. 김 회장의 여가선용은 골동품가게들을 돌면서 목안을 수집하는 거다. 하나 둘 모으다 보니 어느 새 일백 개를 넘겼는데도, 성에 차는 게 없어 거의 되팔고 열 개쯤 지녀 다시 사고 되팔곤 했다. 그것들 중에 가장 인물이 빼어난 목안 하나를 건지기 위해 노력한 게 반세기가 더 지났다.

"안공雁公들, 소자가 입김으로 생기를 불어넣을 테니 팔팔 하늘을 날아 보게나."

프란츠가 양손을 치켜세우며 검지와 중지로 브이를 그린다. 기러기들이 하늘 날 때 V를 그리며 무리지어 나는 걸 빗댄 것이다. 그렇게 날면 서로의 날개에서 펄럭이는 힘이 보태져 날기가 수월하다던가. 프란츠는 무리의 법칙을 일깨우며 빅토리 빅토리를 흥얼거린다. 독일인 아빠랑 한국인 엄마 사이에 태어난 프란츠는 베를린에 있을 때는 프란츠 하이든, 서울에 있을 땐 프란츠 리로 통한다. 아빠 성씨와 엄마 성씨를 번갈아 사용한 프란츠는 독일과 한국의 두 국적을 지녔다.

"어쩜 저리도 잘생긴 훈남인지, 만일 저런 남친이 있다면 구혼하고도 남겠는 걸."

유빈도 그 목안에게 생기를 불어넣는다. 목안은 수놈이고 그걸 다듬은 장인의 넋이 배이기 마련이라며, 고미술계에선 남성에 비긴 걸 상기시킨다. 국전에 목인 조각으로 특선한 유빈은 이번 전시회에 손수 다듬은 목안을 선보였으며, 프란츠의 초등교 동창이기도 하다. 전시품들은 옛 목안인데, 신작은 유빈의 작품뿐이다.

"훈남? 나를 미남이라고, '매력남 넘버 원'이란 애칭을 부를 땐 언젠데?"

프란츠가 느슨해진 혁대를 조여 맨다.

"훈남은 훈훈한 인품을 지녀 봄바람처럼 살랑살랑 정다움을 일깨우는 거잖아. 미남은 바라보는 것만으로도 눈을 선하게 함으로 추남보다 대접받는 거거든."

구자인애가 남성의 매력에 일가견을 펼치곤 그 목안을 훑는다.

"날개는 겹이라 몸통의 맵시가 한결 돋보이고 춘양목의

결이 실핏줄처럼 올올이 맺혀 생동감마저 이니, 과히 명품 중의 명품이지요.”

“춘양목이라면 궁궐을 지을 때 사용하던 귀한 재목 아닙니까. 안공은 태어날 때부터 왕족 혈통을 지녔고 벼슬까지 달았으니 당산관이 되고도 남겠네.”

고미술계에선 목안의 앞 두상에 혹처럼 달라붙은 걸 볏이라 부른다. 볏이라면 닭과 꿩의 머리 위에 붙은 톱니 모양의 붉은 살점을 일컫는다. 목안이 그런 건, 신랑이 장래 벼슬에 오를 거란 상징적인 의미가 담겼다. 유빈이 들춘 건 한결 귀족 출신다운 면목이 드러난다는 걸 일깨운다.

일행은 이층으로 오르는 층계 옆의 목안에 시선을 둔다.

“참 기특한지고. 얼마나 세월에 부대꼈으면 눈가의 잔주름도, 두상에서 목까지도 주름이 굵게 졌지만 눈동자는 또록또록하니, 그 놈 참.”

정인성 교수가 감탄한다.

목은 턱없이 길고 꼬리는 뭉툭하다. 못생긴 목안인데도 정다움을 일깨우는 건 이목구비가 억실억실한 인상을 풍겨서다.

“촌뜨기라 순박해 보이지만, 고집불통일 것 같아 정이 가진 않는데요."

유빈이 말참견한다.

"두메산골 떠꺼머리총각의 뚝심이 배인 것 같아 되레 정
감을 일깨우잖아."

그걸 들고 요모조모 살피는 김종학 회장의 눈빛이 선하
다. 땟물이 잘 배여 노옹의 지문이 놈의 날개에 찍힌다.

"안태본을 못 잊는 게 인간의 고운 심성 아닙니껴. 두고
온 산하에 발 도장 못 찍는 김 회장님이니 오죽 하겠능교."

노옹이 실향민임을 길안순 여사가 에둘러 표현한다.

"골동품치고 흔치 않은 게 없다지만, 옛 목안을 구하기가
쉬운 일입디까. 내 손을 거친 이백여 개를 구할 때도 골동
상인들과 거래업자들에게 웃돈 얹혀 주며 구했으니까요."

김종학 회장이 목안 수집의 어려움을 실토한다.

"제가 명색이 골동품을 사고파는 장사친데 이제껏 모은
게 그 정도라면 귀한 것이고말고예."

지리산 아랫녘에서 자란 길안순 여사는 증조부가 손수
다듬은 그 목안을 신주단지처럼 모신다. 조부와 부친의 혼
례식 때도, 자신이 오줌싸개 동무랑 결혼할 때도 그 목안을
사용했다. 억실억실한 모습 외에 주름마저도 뒤틀림 없이

일백 세를 넘긴 파파노인의 주름처럼 인생의 질곡이 무르녹은 듯하다. 혼인하자마자 상경해 청계천 방학동에 민속품가게를 차린 길안순 여사의 옹고집은 손아귀에 쥔 목안을 결코 놓치지 않고 자기 소유로 갖는 거였다.

"기러기는 연을 맺으면 목숨이 숨질 때까지 정절을 지킨다고, 신랑이 정표로 혼례 때 가져 가는 거잖습니까. 흔한 거라면 그 값어치를 못하는 거죠."

정인성 교수가 목안의 고고함도 일깨운다.

"그래서 그런지 저 녀석도 인물값을 하는구려. 단정한 자세로 출입문 입구에서 손님들을 영접하는 걸 보면."

전시실 맨 앞에 놓인 목안을 김종학 회장이 손짓하자, 길안순 여사가 화답한다.

"어런 하시려구예. 명교수님의 눈높이가 세상을 넘나들고도 남을 텐데. 더구나 제자가 화랑의 주인이라 스승의 애장품을 소홀히 다루겠능교."

정인성 교수의 수장품은 두상은 둥글고 몸통은 야위면서 꼬리도 짧다. 품새가 주인의 인품처럼 진솔하면서도 겸허한 자태가 우러나온다.

"그나저나 초대한 주인의 애장품은 어디로 갔누."

길안순 여사의 의문을 프란츠가 넘겨짚는다.

"감추기 작전이란 게 있잖습니까. 쉽게 드러내면 화랑 원장의 품위가 떨어지는 거니까요."

*

베개를 품에 안은 아이가 아장아장 걸어 수돗가로 향했다. 아이에겐 베개가 엄마 품보다 더 포근했다. 솜에 하얀 가제를 입힌 베개는 아이 키보다 조금 작았다. 물을 가득 채운 파란 플라스틱 대야는 햇빛을 등진 아이의 그림자도 껴안았다. 물속에서 두꺼비가 베개에 입 맞추자, 아이가 울음을 토하며 베개를 떨어뜨렸다. 때맞춰 식당에서 일하던 엄마가 잰걸음으로 달려왔다.

어린 시절을 되살리던 프란츠에게 구자인애가 바투 다가선다.

"베개는?"

"마마가 물에 젖은 베개를 마른 수건으로 닦고 다리미질까지 해도 가벼울 리 없죠. 아들이 베개를 내팽개치고 귀청

따갑게 울자, 마마가 장롱 안에 든 새 베개를 나의 품에 안겨 주었지요. 그래도 아들이 앙앙거리자, 마마가 새 베개를 내 눈앞에 대고 노랠 부르더군요. 꽃은 나비가 좋고, 나비는 꽃이 좋다고요. 마침 우리집 꽃밭에는 장미가 활짝 핀 사이로 나비가 날아다녔거든요. 마마는 아들이랑 자수 베개를 안고 꽃밭으로 갔지요. 나는 꽃과 나비랑 베개랑 눈 맞춤하다 장미자수 베개에게 마음이 뿅 갔지 뭐유."

그들은 봄 계간지를 꾸미기 위한 준비에 바쁘다. 특집은 '베개'다.

지난 겨울호에 목안을 특집으로 한 게 독자들의 관심을 끌어, 판매량을 늘인 게 효과 만점이라 직원들의 사기가 충전 되었다. 화랑에서 전시회까지 마련해 신문마다 특종기사로 다루어 더욱 이익을 차린 셈이었다. 고미술 전시회에 목안을 단독으로 연 전시회는 처음이었다고. 그에 자극 받았는지 전시 기간 동안 선 화랑을 드나들던 고객들의 발길도 잦았다. 그리하여 침체된 고미술업계에 신선한 바람을 일으켰다는 평도 들었다.

신문을 읽는 프란츠의 푸른 눈동자에 소년의 얼굴이 찍힌다. 프란츠의 눈물방울이 볼을 타고 흘러 내린다. 구자인애가 프란츠의 어깨에 손을 얹는다.

"감성이 이슬방울로 맺힌 이유가 뭘까?"

"이걸 보셔요. 신문 기사는 한글과 알파벳이 나란히 공존해도 껄끄러움이 없잖습니까. 그런데 한국인과 서양인의 합작은 ㄱㄴ과 AB가 따로 따로 노는 것 같거든요."

신문에는 '아버지 나라에서 쌓은 스키 실력으로 어머니 나라에 올림픽 금메달을 안길 겁니다'라는 제목과 함께 소년의 모습이 실렸다. 노르웨이 아빠랑 한국 여인 사이에 태어난 소년이 평창 올림픽 동계 체전에 출전할 거란 내용이다. 국적이 다른 부모의 그늘에서 서울과 베를린을 오고가며 자란 프란츠는 트기에 대한 심한 열등감에 사로잡혔다.

*

구자인애가 프란츠를 처음 만난 건 가회동사무소에서였다. 주민등록증을 재발급 받기 위해 그곳에 들렀더니, 프란츠와 유빈이 도우미 역을 했다. 혼혈아랑 눈빛 교환하자, 푸른 눈동자에 뜬 자신의 모습이 비쳤다. 더욱이 트기 볼에는 스탬프잉크 지문이 찍혔다.

"손도장은 주요 서류에 찍을 때 필요한 게 아녜요?"

구자인애는 종이컵에 든 물을 휴지에 묻혀 프란츠의 볼에 찍힌 지문을 지웠다. 나이가 어려 보여 이성이라기보다는 동생뻘이라 싶었다. 트기의 새하얀 볼이 그녀의 손놀림에 의해 발그레 물들더니 복숭앗빛으로 변했다.

"나의 얼굴이 누나 덕분에 주요 서류가 되었군요."

트기가 환히 웃었다. 누나라니, 낯선 젊은이에게 선심 좋은 누나로 비쳤다면 기분 좋은 일이었다. 그녀는 자판기에서 깡통식혜를 꺼내 트기에게 건넸다. 몸에 열이 차오르면 냉 음료수가 제격이었다. 트기는 그걸 따서 마시더니 허리를 굽실거렸다.

"마마표 음료수로군요."

이어 유빈이 구자인애의 오른손목을 잡고 입력창에 대자, 트기의 설명이 뒤따랐다.

"화면 중심에 손가락 지문 중심을 맞춰야 해요. 손가락을 입력창에 붙인 상태로 왼쪽 가리킨 곳까지 회전합니다."

구자인애가 오른손 엄지를 좌우로 굴렸다. 화면엔 화석처럼 지문이 찍혔다. 그 지문은 나무의 나이테 같기도, 쥐가 고양이를 피해 달아나는 미로 같기도 했다.

유빈은 여인의 얼굴을 훑더니 눈을 휘둥그레 떴다. 예전 주민등록증의 사진과 비교하며. 그동안 육 년이란 세월이 지나 나이가 많이 들어 보인다는 뜻일 게다.

"아줌마, 강산이 변했는데 나이 먹지 않을 수 있나요. 요즈음은 강산이 십 년 만이 아니고 오 년 만에 바뀐다잖아요."

아줌마라니. 마마표 음료수라고도 했겠다, 너희들이 단짝이라고 날 넘겨짚으려는 게냐. 난 아직 미혼이야. 여인의 항의는 겉으로 내뱉지 못하고 가슴이 쓰렸다. 유빈의 실팍한 엉덩이와 매초롬한 얼굴의 선홍빛이 자신의 깔끄러운 낯빛과 축 처진 몸매와 견주지 못하리란 선입감도 일었다. 그런 사이 트기가 문제점을 들췄다.

"가지고 오신 사진은 얼굴이 너무 크게 나와 규격이 맞지 않군요."

구자인애의 입술도 깔밋잖게 변했다.

"어쩌지? 오늘이 마감일인데."

"그런 예가 있어 나라에선 사진기를 준비했잖습니까. 미안하실 필욘 없어요. 이것도 아줌마가 낸 세금으로 마련한 거니."

유빈이 귀염성 있게 굴었다.

뒤이어 트기가 그녀의 얼굴을 카메라렌즈에 담기 위해 컴퓨터 버튼을 눌렀다.

구자인애가 프란츠를 두 번째 만난 건 그로부터 서너 달이 지난 뒤였다. 스승과 약속이 있어 관훈동 경양식 집에 들렀더니 낯익은 청년이 악수를 청했다. 프란츠는 정인성 교수에게 국사를 배우는 대학원생이라 그녀의 후배였다. 트기 엄마가 스승의 대학 동창이라는 것도 그날 알게 되었다.

뒷날 구자인애는 프란츠의 서울 전철역 안내를 맡았다. 그 도시 지리에 익숙하기 위해선 전철역 이름을 아는 게 우선이라는 스승의 부탁을 받고서.

맹자 공자 성인들이 사는 곳, 군자역.

영화감독들이 제일 좋아하는 곳, 개봉역.

기름이 쏟아지는, 중동역.

양치기 소년과 그 주민들이 사는, 목동역.

길 잃은 아이들의 집합소, 미아역.

역이 세 개나 합친, 역삼역.

값이 제일 싼, 일원역.

불장난해 생긴, 방화역.

구자인애가 물으면 프란츠가 답하고, 프란츠가 물으면

그녀가 답하는 연습을 반복했다. 두어 달도 못 돼 프란츠는 서울의 역 이름을 달달 외우고 서울 지리에 관해선 훤히 꿸 정도였다. 구자인애는 37년이나 서울에 산 토박이도 꿰지 못해 심히 자존심이 상했다. 하지만 프란츠의 뛰어난 암기력과 발밭게 덤비는 혈기 앞엔 수그러들 수밖에 없었다. 묘한 건 프란츠가 동행하길 원하면 거절 않는 용기와 체력 단련의 기회로 삼는 게 그리도 좋을 수가 없었다. 그게 더 나이 타지 않으려는 노처녀의 발악이라고 자신을 추슬러도 좋은 건 좋은 거였다.

프란츠는 서울에서 태어나 다섯 살 때 부모랑 베를린으로 갔다. 일곱 살 때 부모의 별거로 귀국해 서울에서 엄마랑 살았다. 엄마의 죽음으로 아빠 따라 베를린으로 간 건 초등교를 졸업할 무렵이었다. 그러므로 서울 지리에 노상 서툰 건 아니었다.

그 해를 넘기고 이듬해 봄이었다.

정인성 교수가 구자인애에게 프란츠를 〈예사랑〉 전문지 편집장으로 추천했다. 혼혈아지만 부계혈통보다도 모계혈통에 더 골이 깊다. 한국문화와 서양 문화에 관한 빼어난 지식과 응용미술, 사진 기술도 재능을 지녔다며. 〈예사랑〉이

전문지로서 제 몫을 하려면, 우리의 아름다움과 동서양의 문화를 수용하는 게 합당하므로 쓰임새가 특출할 거라고도. 채용하고 보니 독일어, 영어, 불어에도 능통해 외국어에 약한 자신의 허점을 보완해 주었다. 구자인애는 프란츠가 부하라기보다도 미더운 친동생 같았다.

*

베개, 꿈을 꾸다.

하얀 종이에 인쇄된 그 글과 더불어, 선화랑 1층과 2층에 층층이 놓인 자수베개들이 화사함을 일깨운다. 받침대는 반닫이와 돈궤라 묵직하면서도 튼튼하다. 배경은 새하얀 한지로 도배해 자수베개들이 한결 돋보인다.

프란츠는 베갯모에 수놓인 꽃과 나비, 닭, 십장생, 글자들이 춤추며 뛰노는 환각으로 자신도 몸이 가벼워지며 두둥실 떠다니는 것 같다. 누나의 입술은 트고 눈동자도 충혈 되었다. 이번 전시회를 마련하기 위해 혼신을 쏟은 탓이었다. 프란츠에겐 구자인애가 화랑의 원장이나 전문지 주간이라기보다도 누나라는 호칭이 정답고도 따스하다. 정다움과 온기는 두 국적을 지녀, 어느 곳에도 정착하지 못했던 혼혈아에게 편안함을 안겨 주었다. 그리고 누나랑 작업하는 게 흥을 돋웠다. 누나에게 살고 있는 집을 보여 달라고 졸라도 좀체 보여주지 않았다. 이번 전시회 때 베개가 주연으로 등장하자, 거절 못하고 응했다. 구백여 개의 베개를 전시장으로 옮기기 위해선 남자의 힘이 필요해서였다.

선화랑 1층에 마련된 회견 자리에는 기자랑 구자인애가 탁자를 가운데 두고 의자에 앉는다. 기자가 대화 내용을 담기 위해 노트북을 놀린다. 프란츠도 한쪽 벽면에 설치된 화면을 켠다. 대화는 영어이다. 서로 알파벳과 한글이 막히면 프란츠가 양쪽에 통역해 줌으로 회견이 막힘없게끔 술술 풀린다. 세바스찬은 베를린 출신으로 프란츠의 대학 동창이다.

─먼저 베갯모에 수가 놓여 자수베개라 불리군요. 자수의 역사에 관해 말씀해 주시겠습니까?

─자수의 시초는 인류가 모피나 식물의 껍질과 잎 등을 옷으로 꿰매 입으며 장식하고픈 욕구에서 비롯되었다고 합니다. 학자들은 우리 대한민국의 삼국시대 고분 벽화나 금관을 통해 그만한 기술이라면 자수도 색실로 바탕천에 무늬

를 놓았을 거란 상상을 한대요. 유감스럽게도 현존한 유품은 없습니다. 문헌상으로는 신라 진덕여왕이 당나라 태종에게 태평가를 지어 보낼 때, 비단에 수를 놓아 보냈다는 기록이 있습니다. 일본 국보 나라(奈) 중궁사中宮寺에 소장된 천수국 만다라 수장을 백제의 봉채녀縫采女가 수 놓았다는 것도요.

화면에는 원시림에서 뛰노는 호랑이와 얼룩말, 나뭇잎으로 옷을 지어 입은 구석기인들이 등장한다. 삼국시대 고분과 금관도, 진덕여왕이 지은 태평가에 비단 자수를 곁들인 장면도 나온다. 봉채녀도 연기자를 통해 천수국 만다라 수장을 수놓는 모습을 보여준다.

─정말 유감인 건 죽은 자를 살릴 묘약이 없군요. 봉채녀, 그이가 환생한다면 구혼하고도 남겼는데.

세바스찬이 낯가림 없는 대화로 분위기를 돋운다.

─만일 기자님이 그 당시에 태어났더라면 틀림없이 그랬을 겝니다. 불교나라 일본이 만다라 수장에 수놓을 여인을 선택했다면 미모가 아리따운 성처녀였을 테니까요.

─베개 받침대의 목가구들이 베개를 한결 돋보이게 하는구려.

─그런가요? 우리 선조들이 이불과 베개를 그 위에 놓아
두니 편리하고 보기에도 좋으므로 수백 년을 이어져 왔더랬
죠. 그게 전통의 미학 아닌지요 이건 반닫이라 부릅니다. 그
안에 옷들이나 자질구레한 걸 넣어 두는 곳이고요. 저건 돈
궤랍니다. 묵직하면서도 부잣집의 풍요로움이 돋보이지 않
습니까. 지역에 따라 모양이 다릅니다. 통영, 전주, 나주, 평
양, 남한산성, 진주 등의 것들이 널리 알려졌지요. 미리 말
씀 드릴 건, 〈예사랑〉 여름호에는 특집으로 반닫이랑 돈궤
를 다룰 겁니다.

─그러면 전시회도 열 것이니 또다시 화제일 것 같습니
다. 코리아에서 현존하는 가장 오래된 자수는?

─고려 말 사계분경도四季盆景圖가 있는데, 누구의 작품인
진 기록이 없습니다. 조선 중기 신사임당의 초충도草蟲圖 자
수는 널리 알려졌지요. 보시다시피 오만 원 지폐에 신사임
당의 초상화가 찍혔잖아요. 우리 대한민국의 가장 큰 고액
지폐에 그분이 실렸다는 건 그만큼 대접받는 게 아니겠습니
까. 시서화에도 능하고, 대학자 율곡의 모친으로 아들을 잘
키운 모범 어머니로 존중 받고, 손끝 매운 자수 솜씨도 빼놓
을 순 없지요. 조선 고종황제 때 부녀자의 생활 지침을 적은

규합총서閨閤叢書에 당수는 조선의 수에 미치지 못한다는 기록을 보면, 대한민국 자수가 중국보다 빼어났음도 알 수 있는 거죠.

화면에는 오만 원 지폐와 율곡 모자의 내력을 내레이터가 설명한다. 사계분경도 자수병풍과 규합총서에 기록된 글자들도 비춘다.

─코리아 여인들의 기똥찬 자수 솜씨가 널리 알려져 제가 뉴욕에서 예까지 와서 여쭙지 않습니까. 저희 전문지 지오그래픽에 특집으로 실어야 하거든요. 에 또, 잠이 보약이라고들 하는데, 하루 일곱 시간이 잠의 수칙이라면, 그만큼 베개가 소중하단 뜻입니까?

─물론이죠. 가화만사성도 잠을 잘 자야하고, 나라를 부강케 하는 저력도 잠에서 비롯되는 거지요.

─옛 베개라면 오래되고 낡아 때가 절였을 텐데, 때 중에서도 머리때만큼 지독한 냄새도 없잖습니까?

─먼저 약을 쳐야죠. 베갯속이 밀대나 겨, 메밀껍질이 들어 있어 벌레를 없애기 위해선 소독해야 합니다. 너무 낡은 건 속을 드러내고 삶아 씻기도 하고요. 속을 새로이 간다든지, 베갯잇도 삶아 빨아 풀 먹이고 다리미질 하여 베개 몸통

에 시치곤 했지요.

화면에는 연기자가 베개를 소독하고 베갯잇을 시치는 장면까지도 속속 드러난다.

─그리도 베개에 대한 애착을 지니셨다면, 왜 결혼은 하지 않습니까? 베개의 진미야말로 남녀가 서로 껴안고 한 베개에 머리를 맞대는 것일 텐데요.

구자인애의 말문이 막히는 순간이다. 프란츠가 친구의 등허리를 두들긴다. 그만 하래두. 그건 사생활 침해라 자존심 문제잖아.

구자인애가 손짓으로 외국 기자에게 행한 부하의 무례함을 말린다.

─베개를 모으는 재미에 푹 빠져 시간을 팔랑개비 놀리듯 했으니까요. 시간을 저울에 달듯 빠듯하게 세월을 넘나들던 친구들은 부동산 투자로 땅을 소유해 땅땅땅 울렸지만. 저의 아빠랑 엄마는 유난히 금슬이 좋았어요. 그러다 보니 엄마는 이부자리 꾸미는 게 부부 사랑의 즐거움이며 헌신으로 여겼나 봐요. 베갯모 수놓는 것도 당연한 임무라 여겼고요. 원앙침을 베고 남편과 깨소금 찧었고, 복숭아침을 베고 남편과 무릉도원에 빠져들었거든요, 목단침을 베고는

부귀영화를 꿈꾸었죠. 무궁화침을 베고는 진정 대한민국을 사랑하는 아들딸을 낳고파 했나 봐요.

덕분에 저의 오빠는 주미 대사관에 근무하며 아메리카인들에게 대한민국의 우수성을 알리는 외교관이 되었고요. 저는 미력하나마 우리 고유문화를 세계인들에게 알리기 위해 〈예사랑〉 전문지를 영어판으로도 출간해, 지금 이 순간 기자님과 마주보잖습니까. 선화랑 전시회 때도 즐겨 다루는 게 우리의 고미술품들이거든요.

엄마의 유언이 뭔 줄 아세요? 아빠랑 깨소금 찧던 베개 열 개를 제게 안겨주고는 당신이 누렸던 아빠와의 알콩달콩을 제게 전수하는 거라나요. 저의 베개 수집은 아빠엄마의 알콩달콩이 그리워 그분들의 발자취를 더듬어 보는, 사부곡이요 사모곡이라 할지.

─코리아 여인들은 미적 감각도 풍부하나 보죠? 같은 꽃인데도 색깔이 달라 피카소 뺨치는 입체파 화가의 소질도 엿보이니.

세바스찬이 천 조각을 잇대 수놓은 베개 하나를 골라 어루만진다.

─옷을 짓고 나면 조각 천이 남잖아요. 색실도 그렇고.

근검절약의 예라 할까요. 모자라는 천은 다른 천으로 메워야 하니. 그런데도 매력덩어리로 보이는 건 꽃씨 뿌린 여인들의 정성과 꿈이 열매로 영근 거라 할까요.

꽃씨 뿌린 여인이라니, 세바스찬의 푸른 동공이 더욱 파래진다.

─뜰에 꽃씨를 뿌리면 꽃들이 활짝 피듯 여인들의 손놀림에 따라 손끝에서 꽃송이가 피어나니까요.

─모양이 다르니 설명 좀 해 주십시오.

─이건 구봉침이라 해요. 봉황 부부와 새끼 일곱 마리가 있잖습니까. 우리 조상들은 4남 3녀를 낳아 부부가 오순도순 살아가는 걸 복으로 여겼거든요. 봉황침을 즐겨 다루었지요. 성군이 나라를 잘 다스려 태평성세를 기원하는 뜻이기도 하고. 이 신계침은 닭의 볏이 유난히 채색되어 빤짝이죠? 그건 벼슬을 갈망하는 사대부 집안의 희망 사항이기도 하죠. 학침과 소나무침은 오래 살기를 기원하는 뜻으로, 壽福, 百年花, 富貴, 君子, 囍, 靑春, 松竹, 康寧, 一心의 한자베개도, '영원한 사랑을' 수놓은 한글베개도 있고요. 울퉁불퉁한 이 건 골침이라 불러요. 베갯속을 칸칸이 만들어 속을 채워 넣으면 칸과 칸의 이음새에 골이 생기거든요. 골이 여섯

개나 있다 하여 육골침이라 부릅니다. 다른 베개보다도 단단하면서 다섯 배나 값이 더 비싸지요.

—저 많은 베개를 벽돌처럼 쌓아 두고 바라보노라면 하룻밤에 만리장성 쌓는 부부들의 화음도 들릴 것 같은데요.

—그럼요. 저보다 더 많이 베개를 수집한 선배에 의하면, 꽃들이 만개하고 새들이 노래 부르고 나비가 날고, 그런 황홀경에 젖다보면 꽃씨 뿌린 여인들의 성격도 드러난답니다. 순정이, 이쁜이, 짠돌이, 깔끔쟁이, 도도쟁이, 얼굴형도 보인대요. 넓댕이, 빼빼니스트, 홀쭉이 등…….*

저도 그런 걸요. 더 보탤 게 있다면 뭐라 할지, 음, 그들 부부들의 기성도 들리거든요.

사랑해. 조금만 더 응.

복사꽃이 뚝뚝 떨어지고 수밀도의 달착지근함이 온몸에 배여 드는 향기로움에 취해 그만…….

노처녀의 입심이 지나쳐 옛 부부들의 성행위도 묘사해, 프란츠도 세바스찬도 얼굴이 확확 달아오른다.

*

   '나는 날마다 새롭게 태어난다. 하루를 시작하기 전, 나는 새로운 눈으로 세계를 조망하고, 설렘과 희망으로 아름다운 광맥을 찾아 나선다.'

   화가의 초청장에 써진 내용이다. 다른 하나는 연서이다.

   '당신에게 향한 사연이 너무 길어 오늘도 편지를 씁니다. 하, 이렇듯 가슴 헤쳐도 풀지 못한 사연이 있는 건지.'

   화가의 시구가 적혔다.

   프란츠는 그 초청장과 편지를 양손바닥에 대고 쓰다듬는다. 프란츠가 구자인애에게 호소한다.

   "누나, 이건 나의 엄마가 팬들에게 띄운 초청장이야. 행여 단 하나 남은 이 초청장에 금이라도 갈까 봐, 나의 지문이 새겨지는 것도 조심스러워 조심조심한다니까. 근데 이 편지 내용처럼, 왜 마마가 아름다운 광맥을 찾은 게 벽안의 중년신사였을까."

   프란츠 아빠는 서독의 건축기사로 이태원에 새 호텔 신축공사 감독을 맡을 당시 미대생을 알게 되었다. 그들 사이에 프란츠가 태어났다는 걸 구자인애도 스승에게 들었다.

"사랑의 감성은 어느 누구도 저울질 할 순 없는 거야."

그 위로가 맘에 당겨, 프란츠는 암울함에서 벗어난다.

프란츠의 오른쪽에는 그의 마마 유품인 목안이 놓였다. 지난겨울, 그게 선화랑 전시실에 전시한 거였다. 유빈의 작품처럼 채색 목안이지만 삼십여 년이 지난 거라 신작은 아니었다. 그날 정인성 교수가 평했다.

너의 마마가 벽안의 님을 그리다 못해 새하얀 낯빛의 수기러기를 낳았구나.

예컨대 프란츠 아빠를 닮은 백인 목안이라는 뜻이었다. 때맞춰 유빈의 눈빛도 탁탁 튀었다.

너의 마마가 태교를 꿈꾼 게 저 목안인 게 분명해. 너를 거울처럼 환히 밝혔으니.

작품을 감상하는 것도 세대 차이가 났다. 정인성 교수 눈에는 그 목안이 대학동창 남편으로, 유빈의 눈에는 프란츠로 비쳤다. 그 목안은 프란츠 마마가 아들을 잉태했을 때 조각한 거였다.

구자인애의 오른쪽에도 목안이 놓였다. 작년 시월, 목안 전시회를 준비하다 자신이 지닌 것 중에서 선보일 마땅한 게 없어 골동품가게들을 순례했다. 장한평 노점에서 리어카에 실린 목안들이 눈에 잡혔다. 거의 신작인 여남은 것들 중에 하나를 고른 게 그 목안이었다. 리어카 주인은 중국 단동에서 북한 걸 구해왔다고 했다. 집으로 와서 물행주로 잡스런 때를 닦아내었더니 옻칠이 선연히 드러나며 연대도 오래된 꽤나 괜찮은 목안이었다. 그걸 본 길안순 여사의 감탄이 터졌다. 요런 복뎅이를 감춰 두곤 시침 떼기야? 새첩긴 좀 새첩냐.

구자인애가 〈예사랑〉 사무실에 출근하면, 프란츠가 먼저 상관에게 예를 올렸다. 프란츠는 마마 유품인 목안을 들고 경례하고, 구자인애는 자신의 목안을 들고 답례했다. 그 광경을 지켜보던 직원들에게 노처녀가 신경질 부렸다. 그 따위 넙치눈이로 흘겨볼 게 뭐람. 직원들은 서로 마주보며 킥킥거렸다.

저녁 때 직원들이 퇴근한 뒤다. 구자인애와 프란츠는 마주 보고 의자에 앉는다. 프란츠가 긴히 고백할 게 있다며 청원해서 마련된 자리다.

"늦은 시간에 이게 뭐람."

구자인애의 불평이 터진다.

"누나도 참, 내 말 좀 들어 봐."

프란츠가 입술에 침을 튀긴다.

"서울과 베를린, 두 도시에서 발자국을 남기자니 양다리를 걸친 격이었지. 나의 두뇌도 우왕좌왕하는 거라 어디에도 정 붙이지 못했어. 그러다 보니 깊이 잠들지 못해 불면증 환자가 되었구."

독일과 코리아는 공통점이 있달까. 남북한과 동서 베를린. 그곳 베를린에도 이산가족들이 있거든. 동쪽 아내랑 서쪽 아내, 동쪽 남편이랑 서쪽 남편도 있었다구. 남자들이 더 강세라 양쪽에 거느린 아내들이 많긴 했지만. 나의 파파도 독일이 통일되어 동 베를린에 두고 온 아내랑 재회하자, 코리아 동거녀쯤이야 여겼으니. 손해 보는 건 마마였잖아. 정에 약한 건 코리아 여인이지 게르만 남자가 아니었거든. 나이 든 파파에겐 열정보다도 안정이 최우선이었구.

프란츠도 이복형에게 많이 시달렸다. 난 말이야. 네가 외려 서독 마마가 낳은 동생이었다면 좀은 봐 줄 텐데. 다 같은 게르만의 피라서 생김새부터 닮아 덧나 보이진 않을 거잖아. 코리아도 남북으로 갈라섰다며? 무슨 원수질 게 따로 있지. 트기는 뭐 말라빠진 트기야. 프란츠는 동생을 똥물 튀긴 이단아로 얕잡아 보는 이복형의 행패를 견딜 수 없었다.

맞서긴 했지만 덩치 큰 이복형에게 번번이 당하기만 했다.

아들이 열 살 되던 봄, 프란츠 마마 리는 베를린으로 가서 이태 동안 지냈다. 프란츠가 자주 파파를 찾았고, 리에겐 유럽의 풍물과 정서에 더 깊숙이 파고들어 서양화가로 발돋움하기 위한 구실이었다. 다른 무엇보다도 벽안의 중년신사가 그리워서였다.

프란츠 파파는 코리아 동거녀에게 베를린 최고의 벼룩시장 '마우어파크'에서 가게를 빌려 티셔츠에 무늬 넣는 작업을 하게끔 길을 틔어주었다. 그 벼룩시장에는 러시아, 크로아티아, 프랑스, 영국, 일본, 한국 등 동서양의 여행자들과 골동품들을 사고파 하던 손님들과 예술가들이 드나드는 곳이었다. 따라서 코리아 화가가 자작 그림도 팔아 수입도 올리고, 외국 예술가들과의 폭 넓은 교제를 통해 화가의 영역을 넓히는, 썩 괜찮은 일터였다.

프란츠는 시계, 가방, 옷, 그릇, 자전거, 그림, 항아리, 유성기, 카메라 등 골동품들을 구경하고 만져보는 게 신바람났다. 꽃미남이라며 예술가들이 등을 태우는 것에 길들여 응석받이로 그들의 귀여움도 받았다. 그러자니 영어, 불어 등 외국어 회화도 날로 늘어갔다. 마마 가게 바로 옆 가게에

시, 은포크로 반지, 목걸이, 팔찌를 만드는 은세공업자 미하엘의 기술에도 매료되었다. 한국제와 북한제 지폐를 살피는 것도 볼거리였다. 그런 틈새에 프란츠는 눈치코치 빠른 애어른으로 자랐다. 덕분에 예술가들의 재담에 귀 밝아지고, 외국어에 입이 빠르게 움직였다.

더욱이 미하엘은 노총각으로 리에게 구혼할 정도로 관심을 쏟았다. 영감쟁이 동거녀로 인생을 뒤안길에서 맴도느니 나랑 결혼해 반듯하게 살아가자. 프란츠에겐 친아들처럼 보살피는 친절한 아저씨였다.

미하엘은 가끔 드나드는 프란츠 파파에게 된통 눈총을 쏘았다. 프란츠 파파도 웬 건방진 놈이냐는 투로 홀대하기를 거듭했다. 그러더니 두 사내가 격투를 벌인 사건이 일어났다. 리는 조수 없이 혼자서 작업을 하다 보니 돕는 손길이 필요했다. 미하엘이 틈만 나면 돕기도 하고 청혼까지 받고 보니 굳었던 마음의 빗장도 열렸다. 그런 사실을 눈치 챈 프란츠 파파가 리의 가게에서 미하엘이 자신의 동거녀를 껴안는 걸 목격했다. 두 남자는 서로 멱살을 거머쥐고 다투며 미하엘의 가게에까지 이어졌다. 때맞춰 펄펄 끓은 은물이 쏟아져 튕겨 영감쟁이 발에 화상을 입혔다. 그 사건으로 프란츠 형이 부랑자들을 동원해 미하엘을 경찰에게 넘겼다. 그들은 리의 가게를 부수고 리 모자에게 폭력도 가했다. 감춤 없이 드러난 사고 현장에서 프란츠 형과 그 무리들은 경찰서로 끌려갔다. 리는 어지러이 뒤엉킨 사고뭉치를 수습할 길이 막막해, 아들이랑 도망치듯 귀국길에 올랐던 거였다.

"그 후유증으로 마마가 시름시름 앓다 세상을 떴거든. 혼자 있고 보니 무섭고도 심심해 견딜 수가 없었어."

열네 살 소년이 혼자 사는 게 버겁기도 하려니와 앞길도 막막했다. 국제편지로 아빠에게 호소했더니 나를 데러가기 위해 서울에 오셨잖아. 형이 행패를 부려도 아빠가 있는 베를린이 그래도 나을 거라 여긴 건 잘못된 착오였어. 가족 사이의 갈등으로 파파도 편한 게 좋다 싶은지 내가 베를린에서 사라져 버렸음 하는 눈치였으니. 내가 정붙일 건 이 세상에서 누나밖에 없다니까.

그래. 내가 네게 따스함을 안겨 주었다면, 넌 내게 성성함을 심어 주었어. 늘어터진 노처녀의 약점을 보완하는. 구자인애의 독백이 바깥으로 새나가지 못하고 입안에서 맴돈다.

"곧 가을 전시회가 다가오잖아. 우리에겐 해야 할 일들이 너무 많거든."

구자인애는 바삐 그 자리를 벗어난다.

*

삼성동 김종학 회장 댁 거실에는 〈목안을 사랑하는 사람들〉의 회원들이 모여 식사를 한다. 설핏 기운 햇살이 창틈으로 새어드는 저녁나절이다.

"흔히 냉면이라면 평양과 함흥을 떠올리듯, 보쌈김치는 황해도가 일품이라지요?"

서울 토박이 정인성 교수가 식탁 중앙에 놓인 보쌈김치를 젓가락으로 집는다.

"황해도 중에서도 사리원 보쌈김치가 최고의 진미라오."

김종학 회장이 고향의 그리움을 입맛에서부터 뿌리를 캔다. 재령평야에서 재배한 배추는 연하고도 청청하다. 그 절인 배추 속에 연평도에서 잡은 조기의 살코기를 밝아내어 새우젓에다 꼴뚜기, 생굴, 생새우, 모재기, 미나리, 실파를 얹고, 무와 배를 채로 썰어 또 얹는다. 대추, 밤, 생강도 얹고, 푸른 배추 겉잎으로 여러 겹 동여매곤 김칫독에 차근차근 쌓는다. 배추와 독 사이 빈틈에는 적당한 크기의 무를 잘라 넣고, 윗부분에는 배추 겉잎으로, 그 위엔 대나무 조각으로 덮는다. 김치 국물이 배여 나오면 동여맨 보쌈김치가 흐트러지기 쉬운 걸 방지하기 위해서다. 대나무에서 우러나온 상큼한 맛이 보쌈김치 맛을 돋울뿐더러, 간과 혈을 맑게 하는 해독제 역할도 한다. 그러고는 얼지 않을 온도에 2개월쯤 숙성시켜 발효되면 참맛 사리원의 보쌈김치가 된다.

"동해 사람들은 가자미, 제주도 사람들은 갈치로 보쌈김치를 담근다더군요."

구자인애도 아는 상식을 보탠다.

일행이 식사를 끝내자, 김종학 회장이 다짐한다.

"이미 알려진 대로 나의 병원은 탈북자들의 무료치료 병원으로 사용하라고 강남구청 관계자들에게 통보했다오. 이 집을 판 금액과 나의 저금통장에 든 금액도 그분들의 치료비용으로 사용하라 했고요."

반반하던 노옹의 얼굴에 검버섯이 많이도 돋아났다. 반백의 머릿결도 하얘져 우윳빛을 띤다. 노옹은 췌장암으로 3개월을 채 넘기지 못할 거란 주치의의 진단을 받은 지도 이미 그 기간을 지난 뒤였다.

"백수 하실 줄 여겼더랬는데."

길안순 여사가 먼저 예를 갖춘다.

"제가 결혼해 아이 낳으면 백날잔치 땐 선물을 한 아름이 나 주신다더니."

유빈도 노옹과의 결별을 서러워한다. 대학 등록금과 생 계비를 책임지고 도와 준 어른에 대한 경애다.

"내가 여러분을 모신 건 꼭 말씀 드릴 진담이 있어 그렇 다오."

노옹이 바로 곁에 놓인 목안을 어루만진다.

"이 녀석이 태어난 건 1961년 내가 불혹인 겨울이었다오. 태어난 지 오십 년을 넘겼으니 골동품에 입문할 자격이 주 어진다 싶어 지난 전시회 때 처음으로 세상의 빛을 보게 된 거요. 진짜백이 골동품이라면 조선 후기까지고 일제까지도 그런대로 봐 줄만 하다잖소. 반세기도 짧은 세월은 아니라 며 고미술업계에서도 그런 사실을 인정하거든요."

길안순 여사의 눈초리가 유난히 번들거린다.

"그런 사실도 모르고 저희들은 그게 조선 후기로 여겼거 든에."

프란츠도 진심을 토한다.

"너무 완벽하게 잘생긴 거라서 관장님도 저도 신작이라

싶어 여러 개의 사진을 찍어 컴퓨터에 입력해 관찰해도 허점이 보이지 않더라구요. 옻칠한 데다 인체의 땟물도 골고루 배여, 그 당시 명조각가의 솜씨라고 인정했으니."

노옹이 다시 입을 연다.

"천하제일 명품이라도 허점이란 게 있는데, 그리도 잘생겼다고 여겼다면 나의 솜씨도 엔간히 명품 가치를 지닌 것 같소."

한동안 이런 녀석들을 하나씩 둘씩 모으다 백 개를 넘기니 어찌 아니란 거부감이 이는 것도 어쩔 수 없었소. 모으고 되팔고 하며 열, 뒤이어 다섯, 그리고 둘을 지녀도 이게 아니란 거부감이 노상 떠나지 않았다오. 하나를 모으면 둘을, 열을, 일백 개를 모으는 게 골동꾼들의 못 말릴 광적 수집벽인데도.

내가 장가가던 날, 기럭아비가 든 목안을 초례상 위에 놓았을 때, 연지곤지 찍고 족두리 쓴 새악시의 숫저워하는 모습을 나는 결코 잊을 수 없었다오. 아내의 보쌈김치 맛도 결코 잊지 못했죠. 우리집을 드나들던 가정부들에게 모질게도 그 솜씨 맛을 요구했고요……. 그러다 보니 목안을 수집할 게 아니라 진정 이 세상에서 가장 아름다운 목안을 내 손으로 다듬어 봐야겠다는 집념이 강하게 일었다오. 강원도 설악산과 오대산의 산지기들, 궁궐과 문화재 명소를 수리하던 목공들을 통해 춘양목 나무토막들을 모았다오. 다행히 손재주가 있어 수집했던 녀석들과 책자에 나온 녀석들을 흉내 내어 일천여 일이 지난 뒤에야 이 녀석을 내 품에 안았다오. 행여 금이 안 가게끔, 뒤틀림을 방지하고 몸통에 좀이 안 슬기 위해, 이런 녀석들의 배를 네모꼴로 잘라내는 게 흔하지만 그걸 피한 것도, 이 녀석이 피울음 토하며 울부짖나 싶기도 하구. 모양 좋게 빚을 때마다 나의 살을 도려내는 아픔이 일었거든요. 참숯과 석류를 갈아서, 옻과 진달래와 장미의 진액을 바르며, 진정 나의 때물이 베이게끔 틈만 나면 쓰다듬고 품에 안고 잠자기도 했다오.

내가 왜 그토록 정성을 쏟았느냐 하면, 남북통일 되면 나의 사랑하는 아내에게 바쳐야겠다는 일념과 열정이 합친 거지요. 내가 웅지를 품고 서울에 와서 연희전문학교 의과를 졸업한 건 결혼하고 난 뒤였다오. 의사로 서울에서 웬만큼 자리 잡고 아내랑 살림을 차려야겠다 싶었는데 그만 6·25 전쟁이 일어났으니. 한동안 남북 이산가족들의 재회가 있어 그들을 통했어도, 내가 중국과 일본을 오고가며 수소문 해도 아내의 행방을 알 길이 없었소. 내가 칠순 넘긴 가을, 대한 의사협회 주최로 닥터들과 자원봉사로 북경에 갔을 때였소. 때맞춰 그곳에서 조선족이 된 오줌싸개 동무를 만났지요. 임신 중인 내 아내가 유산하고 어렵사리 지내다 이웃의 홀아비랑 재혼해 살다 숨졌다는 소식을 접했던 게요. 나의 충격은 저 녀석을 가루로 내어 황해에 흩뿌리고 싶었을 정도로 컸소. 그건 나의 살을 분마기에 갈아 그러고 싶은 거나 마찬가지였다오.……

"삶이란 무언지, 난 아직도 정의를 못 내린다오. 다만 사랑하는 여러분에게 남기고 싶은 진정성이 있다면, 순간순간을 감사하며 주어진 현실을 기꺼이 받아들일 혜안이 필요한 게요. 나를 죽자구나 따르던 간호원이 나의 냉대로 자살했지요. 좀은 너그러이 보살폈다면 자살은 면했을 텐데. 목안을 모으던 그 열정을 소외된 환자 치료에 헌신했다면 하는 아쉬움도 나를 괴롭힌다오."

노옹은 그 목안을 가슴에 품는다. 그렇긴 해도 이 녀석과 더불어 영원히 잠들 것이니 나는 행복하다오. 고백하는 노옹의 목 언저리 굵은 주름이 두고 온 산하의 소나무 뿌리처럼 검질기고도 강인해 보인다.

*

　바람이 부는데도 강물은 잔물결로 흐른다. 다리를 건너는 차량들의 소음이 강물에 젖고 멀리서 떠밀려 온 나뭇잎들이 잔물결 오선지에 음표를 그린다. 프란츠도 강변에 오면 편지를 쓰고파 수첩에 적는다.

　당신에게 향한 사연이 애달파 편지를 씁니다. 바로 곁에 있는 당신에게.

　그리운 사연이 목구멍까지 차오르는데도 누나는 먼 곳에 시선을 둔다. 눈길을 먼 데 둔다는 건 누군가를 그린다는 증거다. 그리운 이는 누굴까. 언제나 누나는 나에겐 정다운 누나였지 그 이상은 아니었거든. 막둥이 동생처럼 여겼으니. 프란츠의 독백이 바람에 원을 그린다.

　"한강과 라인강, 난 두 강물을 마시며 자랐어."

　"두 강의 다른 점은?"

　구자인애가 프란츠의 독백을 덧정 없이 자른다. 때때로 누나의 뜬금없는 거부반응으로 프란츠는 한동안 실어증에 시달렸다.

"한강은 서울의 젖줄이고, 라인강은 베를린의 물꼬이거든."

젖줄과 물꼬로 달리 비교하는 혼혈아의 집념이 모계혈통에 더 뿌리박혔다는 걸 구자인애가 터득한다. 트기의 털 복숭이 손목과 푸른 눈동자는 부계형통을 여실히 증명하는데도.

"난 너의 구혼 받을 자격 상실자야. 우리 사이엔 팔 년이란 세월의 더께가 쌓였잖아."

"팔 년이란 물거품에 지나지 않아. 왜 남자는 그 나이 또래 여자랑 결혼해도 이웃들은 대수잖게 여기면서도, 그 나이 여자가 연하 남자랑 결혼하면 기이히 여기는 걸까. 파파와 마마는 이십 년이란 나이 차인데도 그 따위 걸림돌은 없었어."

순간의 짝짓기는 쾌감이요 욕망의 분출은 될지언정 영원성을 보장 못하는 거거든. 구자인애는 입안에서 맴도는 독백을 삼키며 단호히 내뱉는다.

"너의 구혼녀는 유빈이지, 난 아니야."

"유빈은 잉글랜드 젠틀맨이 좋다고, 이미 그 남자랑 런던에 갔는걸."

"괜히 울컥하네. 그만한 톡톡 튀는 매혹녀는 없을 텐데. 어떻게 자기 짝을 외국으로 수출하고도 볼만장만 넘긴 얼뜨기가 되었니."

"나의 평생 동반자는 쉬이 싫증나는 매혹녀가 아니라 마마표 음료수라니까."

"난 곧 사십이야."

프란츠의 끈질긴 구혼 작전에 안 휘말려들기 위해선 자신을 들레는 게 수였다. 화랑이나 사무실에서 일을 마치면 프란츠를 따돌리고 줄행랑 친 지도 일 년이 더 지났다. 고양이에게 안 잡히려는 쥐처럼, 거미줄을 치다 보면 남은 건 허탈한 공허감이었다. 프란츠의 푸른 동공이 고양이 눈처럼 자신의 알몸을 샅샅이 훑는 듯한 격렬한 통증과 동시 다발로 터지는 상쾌한 쾌감은 또 무언지. 그런데도 구혼자를 퇴출 안 시키고 부려먹는 노처녀의 고약한 심보는 또 뭘까. 부하로선 그만한 인물감이 없다는 현실성과 남편감으론 턱없이 부족하다는 미래성에 초점을 맞추다 보니, 어느 사이 한 해를 넘긴 셈이었다. 턱없이 부족하다는 선입감은 또 뭘까. 나이가 어리다는 핑계는 자신이 그 나이 햇수를 되돌리지 못한다는 두려움 아닐까.

"누난 아직도 삼십 줄이잖아. 난 삼십 줄에 들어섰구."

잠시 뜸들이더니, 프란츠의 손목털이 날을 세운다.

"내가 깊이 잠든 게 언제였는지 알아? 누나 방에서 베개를 안고 잠들 때였어."

그날 프란츠가 구자인애 집에 왔을 때였다. 프란츠가 베개들을 눈여겨 살피며 호소했다. 누나, 졸음이 오는데 자장가 좀 불러 주지 않을래? 응석치곤 어이없는 응석이라 구자인애는 부하를 망연히 바라보았다. 그런 사이 프란츠가 베개 하나를 껴안고는 잠에 빠져들었다.

프란츠가 안고 잔 베개는 구자인애가 아끼는 원앙침으로 속통이 편백나무를 갈아서 만든 거였다. 왜 하필이면 아빠가 잘 주무시라고 엄마가 애써 수놓은 그 원앙침을 프란츠의 앞에 놓았을까.

그날 밤, 프란츠가 잠든 모습을 구자인애는 밤을 새우며 지켜보았다. 과연 내게도 저 순진성을 지닌 남자를 지켜볼 열정이 살아 숨 쉬는가를 확인하고 싶어서였다. 이따금 마마라 부르며 잠꼬대하던 프란츠가 누나라 부르며 양손을 휘저었다. 그녀가 그 손을 꽉 쥐어주던 순간의 맹렬한 호기심은 뭐였을까. 이 재간둥이랑 평생을 짝짓기하며 살아갈 용기가 있는 걸까에 대한 의문이었다. 그에 대한 답은 지금도 오리무중이었다.

핸드폰이 울려 구자인애가 받고는 답한다. 주문한 일백 개의 베개가 완성되었다구요? 내일 가도록 하죠.

길안순 여사는 손끝 매운 탈북자 여인들에게 베갯잇을 수놓게 하고 베개를 만들어 짭짤한 수익을 올렸다. 선화랑에서 전시된 자수베개들이 책자로 꾸며져 지오그래픽에 소개 돼 한국 여인들의 자수 솜씨가 외국에도 널리 알려졌다. 그 바람을 타고 신작인데도 외국인들의 주문이 잦았다. 구자인애와 프란츠는 소개장이로 길안순 여사를 도왔다. 어느 외국인 회사 사장의 회의실에도, 모 외국 대사관의 집무실에도 자수베개가 켜켜이 쌓였다. 평안과 미락을 동시에 심어준다고, 전시효과 만점이라는 평들이 쏟아졌다. 세바스찬과 그의 동료기자들도 자수베개를 주문해, 일백 개는 뉴욕으로 가게끔 예약되었다.

베개 소식에 접한 프란츠가 졸음에 겨운지 꾸벅거린다.

"아집과 독선은 자멸로 이끈다고, 김 회장님도 충고하셨잖아."

왜 결혼하지 않느냐는 김종학 회장의 질문을 받고, 구자인애가 고백했다. 옛 자수베개 일천 개를 수집하고 난 뒤 생각해 볼 문제라고. 신제품 베개는 구하기 쉬워도 옛 자수 베개를 구하기가 쉬운 게 아니었다. 너무 낡아 버려진 것들도 많고, 호텔이나 음식점 가장자리에도 보물단지인 양 쌓아두기도 하고, 외국인들이 선호해 팔려 나가기도 했다. 구닥다리 베개들은 퇴물로 박대해 사라져버린 지도 오래 되어서였다. 신제품 자수베개는 나름대로의 가치를 지녔다. 그래도 베개의 진미는 옛 자수에서 풍기는 정밀함, 옛 비단과 수실 색채의 환상적인 유려함에 비할 바가 못 되었다. 구자인애에겐 베개가 연인이요 연인이 베개였다. 어느 날은 자신이 봉채녀가 되어 수를 놓는 꿈을 꾸었다. 어느 날은 연인을 찾기 위해 골동품가게나 지방을 순례하기도, 소장자에게 호소해 애써 구하곤 했다. 오늘은 어떤 도안의 베개가 나를 기쁘게 할까. 내일은 또 어떤 베개가 나를 살맛나게 할까. 상상하는 것만으로도 연인을 그리워하고 만나며 사랑을 나누는 행위보다도 더한 매력덩어리에 빠져들었다.

그렇긴 해도 베개 수집의 진짜백이 진정성은 모친의 유언답게 신실한 낭군을 만나 알콩달콩 사는 거라고, 김종학 회장이 지난 연말에 세상 뜨기 전 남긴 훈화였다. 그 순간 그녀가 노옹에게 아뢰었다. 길안순 여사님이 지닌 베개랑 저의 것을 합하면 일천 개가 넘거든요. 그걸 국립민속박물관에 기증할까 봐요. 혼자서 그걸 보고 즐기는 것보다도 수많은 국내외 관람자들에게 우리 옛 자수의 우수성을 알리는 전시효과도 될 거구요. 무궁화침을 베고 진정 대한민국을 사랑하는 아들딸을 낳고파 하셨던 엄마의 바람을 한결 돋보이게 하는 것이거든요.

이미 그 베개들을 국립민속박물관에 기증한 지도 달포가 지났다.

서쪽 하늘에서 지는 해 사이로 노을이 빨갛게 물든다. 노을을 타고 나는 새들의 날갯짓이 한결 평화로워 보인다.

"그 많은 베개를 쌓아둔 자리에 나의 보금자리를 꾸미면 안 될까? 누나 아빠랑 엄마가 금슬 좋은 부부애를 자녀들에게 심어준 그 사랑을 나도 누나를 통해 맛 좀 보면 안 돼?"

집요하게 파고드는 프란츠의 입김이 뜨겁다.

"내일에 대한 희망도 좋은 거지만, 무한정의 텃밭이 있다고 여기는 건 자가 당착이야."

젊음이란 내일에 대한 두려움보다도 희망의 싹을 틔우기 위해 섣부른 결단을 내리는 우를 범하기 쉬운 거거든. 난 그 올가미에 얽혀선 안 돼. 강한 거부감이 구자인애를 괴롭힌다. 그러면서도 나이 차이와 트기라는 거리의 공백은 따로 따로 놀면서도 서로 공존하는 기묘한 착각으로, 그녀도 종잡을 수 없는 갈피에 시달리곤 했다.

마침내 동쪽하늘에 보름달이 뜨고, 기러기 무리들이 날아오른다. 그런 사이 감동의 입김이 그녀의 가슴께에서 새어나온다.

"누나, 저기 봐. 기러기 무리들이 브이를 그리며 보금자리로 찾아가잖아."

프란츠가 구자인애의 가슴에 얼굴을 묻는다.

*김길성, 『자수 베갯모』(삼성문화인쇄, 2001), 31p.

나무를 향한 예의

내나무

숲 속을 거닐며 아이가 노래를 불렀습니다.

바람 솔솔 소나무, 불 밝혀라 등나무, 십리 절반 오리나무, 덜덜 떨어 사시나무, 피를 보니 피나무, 열의 갑절 스무나무, 네 편 내 편 양편나무, 오자마자 가래나무, 깔고 앉아 구기자나무, 방귀 뀌니 뽕나무.˙

아이는 걸음을 멈췄습니다. 그러고는 뽕나무 아래서 오디를 따 먹으며 방귀를 뽕뽕뽕 뀌었습니다.

그곳을 지나치던 나그네가 물었습니다.

"인석아, 어쩜 나무 타령을 잘도 부르니?"

"전 이 서리풀에서 자랐는걸요."

아이는 대여섯 살 되었을까요.

"참으로 영특하구나. 나무 하나하나를 꿰지 못하면 그런 노래를 부를 순 없지. 이곳 서리풀은 예부터 왕이 태어날 명당이라더니, 바로 네가 그 정기를 이어받은 옥동자로군."

나그네는 허연 수염을 쓰다듬었습니다.

"할아버지 태자리는 어디예요?"

"내 태자리는 없단다. 그저 바람 따라 흘러왔거든."

나그네의 목소리가 메아리처럼 울렸습니다.

"바람도 태자리가 있을 게 아녜요."

"하긴 그렇구나. 너의 부모님은 어디 계시니."

"부모님은 돌아가셨고, 대부님이 저를 키웠거든요."

"대부님의 존함은?"

"바로 이곳 서리풀이에요."

아이의 얼굴이 팽팽해졌습니다.

"뜬구름 잡는 대답이지만, 저 뜬구름들도 제 갈 길을 가는 법이지."

나그네의 이마에 다시금 물음표가 새겨졌습니다.

"네 이름은 뭐냐?"

"모두들 서리풀이라 부르더군요."

"태자리도, 키워준 분도, 이름마저도 서리풀이라니. 서리풀이야말로 삼박자 축복이로고."

나그네가 감탄하자, 아이의 눈동자에 의문이 일었습니다.

"할아버지 존함은?"

"허허, 알면서도 모르겠고, 모르면서도 알 듯 하는 게 나
란다."

"알쏭달쏭? 바로 할아버지가 뜬구름 아닌지요."

아이는 나그네 곁을 지나치며 다시 노래를 불렀습니다.
나그네도 아이 뒤따라 걸으며 후렴합니다.

대낮에도 밤나무, 너하구 나하구 살구나무, 입 맞춰 쪽나
무, 그렇다고 치자 치자나무, 거짓 없다 참나무. 내 밭두렁
에 내나무.

"내나무라니?"

나그네의 눈동자에도 의문이 일었습니다.

"제가 태어났다고, 부모님이 심어 준 나무라구요."

아이가 화답했습니다.

몽마르트 언덕

백준 박사는 민속학자고 진영은 아나운서다. 진영이 문화방송에서 사회자로 노학자를 초빙해 민속학 강의 할 때, 연을 맺은 동기였다. 그들은 서래마을에 살고 있어, 이웃사촌으로도 한결 친분이 두텁다. 노학자는 기타리스트이고 진영은 바이올린리스트라, 악기 연주에도 남다른 재능을 지녔다. 그들은 서초문화회관에서 열린 음악회에 함께 출연해 관중들에게 열띤 호응을 받았다.

노학자와 아나운서는 악기를 들고 몽마르트 언덕에 오른다. 서래마을에 프랑스인들이 많이 살고 있어, 나라에서 청룡산 자락에 공원을 만들어 그리 불리었다. 나무 층계가 가팔라도 팔순 넘긴 노학자는 불혹의 진영보다도 발걸음이 가볍다. 맨발인데도.

"운동 신경이 더뎌, 예까지 오르는데도 힘겹거든요."

진영이 낯을 붉힌다.

"마이카 족이라 그래."

"전 게을러 짬만 나면 단잠 자는 걸 최고의 보약으로 여기니, 다리에 자주 마비 증세가 일더군요."

"마냥 바쁘다는 핑계 대고 늘어터지면 저승사자가 반길 수밖에. 신체도 기계에 속해. 기름칠을 잘도 칠해 기계가 매끄럽게 돌아가야만 하는 게지. 그 기름칠이라는 게 바로 자연과 벗하며 걷는 거거든."

그들이 몽마르트 언덕에 오르자, 아이가 달려와 진영의 품에 안긴다.

"빅토르, 아침에 목욕 시켰잖아. 이게 뭐니?"

진영은 아들의 얼굴과 손에 묻은 얼룩을 젖은 휴지로 닦아낸다.

"아이가 공원에 와서 손재면 건강에 이상이 있는 게지."

노학자가 나무란다.

아이 곁에 선 이방남자가 백준 박사를 향해 목례한다. 마크는 초상화가다. 그가 파리 몽마르트 언덕에서 진영의 초상화를 그려준 게 인연이 되어 그들이 결혼했다. 진영이 파리대학에 유학 중일 때였다.

마크는 이곳에서 손님들에게 초상화를 그려 준다. 진짜 백이 파리 몽마르트 언덕 초상화가가 서울 몽마르트 언덕에서 초상화를 그려 준다고 입소문이 널리 퍼져, 수입도 만만찮다. 흑백 그림은 십만 원, 천연색 그림은 십오만 원을 받는다. 서초동 화랑에서, 파리 화랑에서 초상화 개인전을 두 번 열어, 프랑스와 대한민국의 친선대사로도 이름을 드높였다. 양국 대사관의 후원을 받아 연 개인전이었다.

공원에는 돗자리 깔고 일광욕 쐬는 사람들로 붐빈다. 책 읽는 소녀들, 아이에게 우유 먹이는 금발 엄마, 방목한 토끼들에게 먹이 주는 소년들, 뛰노는 아이들로 공원이 살아 움직이는 듯하다.

소나무 숲에서 뛰놀던 토끼 부부가 재빠르게 달려와 백준 박사 앞에서 엎드린다. 놈들은 노학자의 발에 입맞춤한다. 일순 노학자의 대머리에 호랑나비가 나래를 접는다.

"시원하군."

감탄사 뒤이어 노학자가 기타 켜며 노래 부른다. 깡충깡충 토끼야. 팔랑팔랑 나비야. 우리 숨바꼭질 하자꾸나. 아이들도 달려 와 노학자 주위에서 술래놀이에 빠져든다. 하늘에는 구름 한 자락이 이브자리인 양 해를 감싼다. 산들바람에 아카시아 향내가 코끝을 스친다. 공원 곳곳에 무리 지은 철쭉들이 봉오리를 터뜨리며 아이들의 함성에 함박웃음 짓는다. 신바람 내며 뛰놀던 아이들이 제풀에 겨워 잔디밭에 주저앉는다. 노학자도 잔디밭에 드러눕는다.

서리풀

노학자와 진영은 몽마르트공원 둘레를 돈다. 나무판자에 적힌, '미라보 다리' 등 프랑스 시인들의 시를 음미하며. 노학자의 시선이 '순백한 아내를 만나기 위한 기도'에 머문다.

"우리집 사람은 저 시를 날마다 읊조리며 내조에 최선을 다하거든. '주여, 제 아내가 될 여인은 겸손하고 온화하며, 정다운 친구가 될 여인이게 하소서'라며."

"여사님과 동락하시는 게 얼마나 아름다운 삶일까요."

진영도 그 시를 읊조린다.

"마크의 외조도 남다른 후덕함이 돋보일 텐데."

마크의 취미는 요리를 만드는 거다. 남편이 식사 일체를 책임지면, 진영은 빨래를 한다. 빅토르는 낮엔 거의 어린이집에서 지낸다. 만일 그렇지 못하면 진영은 신경과민성을 앓아 직장인이 가정주부 노릇하기가 버거워 결혼생활 유지가 힘들었을 게다.

마크는 중년 여인을 상대로 초상화를 그리고, 빅토르는

토끼를 뒤쫓으며 환호성을 지른다.

옥색 가운 걸친 여인들이 소나무 숲 아래로 모여든다. 서른 명쯤 될까. 여인들은 서초 문화원 소속 합창대원들이다. 어른들과 아이들이 그들 둘레를 빙 둘러선다. 노학자와 진영도 그들과 합석해 악기를 켠다. 검은 망토를 걸치고 콧수염 기른 지휘자의 지휘에 따라 여인들이 합창한다. '서초에서 살리라', 서초 연가다.

구경꾼들의 박수 세례에 덩달아 토끼들은 타다닥 뛰놀고, 참새 무리와 까투리들의 날갯짓이 파란 이브자리에 음표를 그린다.

다시 공원 둘레를 돌며 진영이 의문을 발한다.

"서초동에 살면서도 이곳의 유래를 잘 모르거든요. 한강과 더불어 이곳 지역의 풍경에 대해 들려주시겠어요?"

노학자가 입술에 침을 바른다.

"서초 일대에 고층 건물이 들어서기 전엔 기름진 논과 밭이었네. 서초란 서리풀, 상초霜草라고도 하지."

한강을 낀 서초구는 남쪽으로는 우면산·청계산·구룡산으로 에워싸고, 양재천·반포천·사당천이 흐르는 넓은 평야지대였다네. 서초구 일대가 역사 무대에 등장한 건, 백제가 한강 유역 중심으로 위례성 서쪽에 인접했을 때야. 그러니 고대국가로 성장하는 과정에서 경작지로 중요한 위치를 차지했으렸다.

"구슬을 한말은 꿰었는뎁쇼."

아나운서가 노학자의 기를 돋운다.

"일테면 선인들의 생활 터전이었고 문화의 발상지였지. 에 또, 서래 마을은 청계산에서 한강 모래사장으로 작은 개울들이 서리서리 굽이쳐 흐른다고 '서릿개(蟠浦)'라 하였지만, 부르기 쉽게 서래가 된 게야. 또 그 음이 변해 반포盤浦라고 부르니. 우리 한글의 묘미가 드러나는 예랄지."

"반포 일대의 중고등학교에서도 '서릿개'란 동호회 모임이 있거든요. 이웃 학교끼리 시험 문제도 번갈아 보며 서로의 학구열에 대한 품평회도 열고 친목도 다지는."

진영도 그 지역 여중고에 다닐 때 서릿개 동호회 회원이었다.

"그런 저력이 있기에, 반포가 대학 입시의 효시가 되었잖아. 학부모들이 자녀들을 일류대학에 전학시키기 위해 서초지역으로 위장 전입해 당국에선 골머리도 앓았고. 묘한 건 명당은 당신 적성에 안 맞으면 이름마저도 퇴짜 놓는다는 거야.”

“명당이 당신이라구요?”

‘그럼, 사람 운명을 좌우하니 당신이라고 예우할 수밖에. 서릴 蟠은 몸을 휘감고 엎드려 용이 승천 못하는 형국이잖아. 쟁반 盤은 물건을 받치는, 믿음직스럽고 든든함을 뜻하므로 궁합이 맞는 게지. 이웃들이 그러더군. 우리는 반포에 오래 살았으므로 은행 저축한 거와 진배없어 집값이 이자를 불어 나간다고. 부동산 값이 뛰기 시작하면, 강남 은마아파트 단지가 초를 치고, 덩달아 서초 반포 단지가 땡땡땡 종소리 울리거든.’

“서릴 반은 쌀을 반도 되므로, 애초에 명당은 궁합 맞게 태어난 게 아닌가요?”

진영이 의의를 제기한다.

“다시 설명한다면?”

“蟠자 뒤엔 개펄 浦가 따라, 포구에 소금이나 나락이 쌓이고 쌓여 부자는 따 놓은 당상 아닌지요. 몸을 휘감고 엎드린다는 건 겸손을 뜻하고.”

“아, 그런가. 이 뇌가 깜빡 졸았나 보이.”

노학자가 이마를 툭툭 친다.

"쟁반 반으로 변했다는 건 물건을 받칠만한 그릇이란 것이겠죠. 큰 돌이기도 하므로 반석 위에 쌓은 보화, 더 나아가 발전을 뜻한다 할까요."

"이 늙은이가 명아나운서의 재간을 당할 수 있나."

진영이 손수건을 건네자, 노학자가 이마에 흐른 땀을 닦고는 열변을 토한다.

"반포나루에서 태어나 자랐고 또 늙어 가므로 한강은 내겐 꿈의 모형도일세. 논과 밭이던 서초구 일대가 개발된다며 나의 생가가 헐리게 되었을 땐 얼마나 울었던지."

"박사님은 순정파?"

"애향가는 아니구?"

되묻고는 노학자가 할 말을 잇는다.

"얼굴을 씻고 또 씻어도 눈물이 안 마르더라. 나중엔 얼굴이 벌에 쏘인 것처럼 퉁퉁 부어 연고 바르고 한약 달여 먹어도 낫지 않는 게야. 근데 한강으로 가서 얼굴을 씻었더니 금세 부기가 빠지고 혈색이 돌아오잖아. 이른바 한강 체질인 셈이지. 다행히 주택 단지가 들어서 생가 몫으로 빌라 한 채를 받긴 했지만."

노학자 얼굴에 진 잔주름이 강물의 흐름과 닮았다는 걸

진영은 감지한다.

"바야흐로 구슬을 두말 꿰었군요."

명아나운서가 장단을 맞춘다.

"시민들이 아무리 한강을 오염시켜도 한강은 나름대로 독보적인 파워가 있다고 믿는다네."

노학자가 주먹을 불끈 쥔다.

"맨발로 걷는데 발에 물집이 생기진 않은지요?"

"이젠 내 발도 친환경에 잘도 적응해 그런 우려는 안 해도 돼. 처음 한동안 물집이 생겨 곪기도 했지만. 참외 꼭지를 태운 재를 발랐더니 낫더군. 그것 또한 친환경에 적응하기 위한 수련 아니겠나."

노학자가 양발을 차례대로 올려 안마한다.

서초 성모병원에서 지하철 2호선 방배역까지 잇는 녹지 산책로를 〈서초 올래길〉이라 부른다. 그 길을 걸으면 한 시간 남짓 걸린다. 노학자는 매주 토요일 오후, 봄, 여름, 가을엔 그 길을 맨발로 걷는다. 단절된 몽마르트 공원과 서리풀 공원을 잇는 누에다리가 건설되고부터, 서래마을에서 그 길을 걷는 노학자의 발걸음을 더욱 가볍게 한 셈이랄지. 몽마르트 언덕에서 산길 따라 걷노라면 참나무, 상수리나무, 아까시나무, 소나무가 숲을 이룬다. 계절 따라 피고 지는 꽃들의 향연, 낙엽을 밟을 때 버석거리는 울림과, 가까이서 들리는 차량들의 소음마저도 먼 나라 전설 같기도 하다. 노학자가 맨발 청춘이 된 건, 실제 그 올래길에 맨발로 걷는 황톳길이 있어, 예닐곱 번 그 체험에 길들이다 보니 저절로 그 맛에 취해서였다.

잠시 침묵하던 노학자가 뒤를 잇는다.

"한남대교가 경부고속도로와 이어진 건, 옛날 한강진에서 그곳을 지나 말죽거리와 원지동을 거쳐 삼남지방으로 이어지는 옛길의 재현이었달까."

"말죽거리 유래에 대해선?"

"제주에서 보낸 말을 아전들이 최종 손질하고 말죽을 먹인 곳이지. 병자호란 땐 인조가 남한산성으로 피하자, 산성을 포위한 청군 기마병들이 말의 피로를 풀기 위해 말죽을 끓여 먹었다나."

이런저런 설이 맞아떨어져 말죽거리 이름이 널리 퍼진 거야. 말의 똥오줌 냄새가 코를 찔러 길손들이 코를 싸안아 다녔다고 해. 아들 못 낳은 여인들은 아들 낳기 위해 똥오줌 섞인 흙을 먹었다던데, 말 성기 위력이 대단했던가 보이.

말 성기 운운에 진영은 웃음을 터뜨린다.

"대학자님의 고견이 있기에 녹 쓴 저의 뇌가 풀가동하는 겁니다."

"방배동은 우면산을 등지고 한강을 등진 모서리라는 뜻에서 유래되었거든. 양재동은 어질고 재주 있는 사람이 많이 살았다고 그리 불려. 우면동은 우면산이 소가 졸고 있는 형국이래. 소가 존다는데 좀 아니 평화로운가. 염곡동은 지형이 염통과 같이 생겼다나. 우리 선조들의 진솔한 표현이기도 하지."

노학자의 쇳소리가 잦아든다.

"마침내 세말을 꿰었군요, 구슬을."

기억력이 좋다는 건 세포의 움직임이 싱싱하다는 뜻이다.

"한강과 서초 주변을 대충 훑어보았지만 그 역사를 어찌 다 토하겠나. 나의 안태본 서초 외는 별로 아는 게 없네. 다른 건 서초에 금배지를 달기 위한 곁두리에 불과해."

"누구든 안태본에 금배지를 달고 싶어 할 테니까요."

진영이 수긍한다.

꽃동네

서리풀 사람들은 내나무 둘레를 꽃동네라 불렀습니다. 별천지 꽃들이 별천지 웃음으로 길손들을 영접했으니까요. 그 소문을 듣고 다른 곳에 사는 사람들도 별천지 꽃들을 구하기 위해 모여들었습니다. 하도 별천지 꽃들이 잘도 자라며 풍성해 서리풀의 좋은 수입원이었습니다.

그곳을 지나치던 나그네가 찬사를 쏟았습니다.

꽃이 피면 봄이 오는 듯 가는 듯, 그건 봄이 가는 걸 아쉬워하는 시인의 마음이랄지. 꽃술 예蘂가 있잖은가. 마음 심세 개가 모인. 이 세상에서 가장 신비로운 게 사람 마음이라네. 그 마음 세 개가 모였으니 세상천지가 무궁한 게 아니겠나. 무궁하다는 건 조화롭다는 거고, 조화의 극치가 예이거든. 그게 인류 발전의 모태이기도 하구.

나그네의 찬사에 따라 별천지 꽃들은 낮이면 해를 품어 세상의 빛이 되고, 밤이면 달과 별들을 품어 어둠을 밝히는 등불이 되었습니다. 왜냐면 그 좋은 수입원으로 헐벗은 자들과 장애인들을 돕는 위로금이 되었으니까요.

누에다리

노학자와 명아나운서는 몽마르트 공원 동쪽 누에다리로 향한다. 조선 시대 때 이 지역에 뽕나무 밭이 많아, 여인들이 누에치기 한 걸 기리기 위해, 누에가 드러누운 형국으로 지었다고 그리 불린다. 그 아래는 반포대교와 서초 사거리를 잇는 길목이라 탈 것들이 쌩쌩 달려 다리가 웅웅 울린다.

누에다리 입구에는 화강암 조각이 길손들을 영접한다. 누에 두 마리가 마주 보며 둥글게 몸을 구부려 입 맞춘 모양새다. 길손들의 손때와 입김이 얼룩져 조각 상체가 검붉게 반질반질하다. 소원 풀이 조각이라고 알려져서이다.

"누에를 천충天蟲이라 하거든. 하늘이 내린 곤충이란 뜻이지."

놈들의 역사가 3000여 년이라 가히 하늘 천이 덤으로 따라 붙는 게지. 암수끼리 서로 짝짓기 하면 400에서 500여 개의 알을 낳는다니, 그 정력이 대단하잖아. 다산의 상징이기도 하구. 고치 하나에 1km 넘는 비단실을 뽑는다던데, 풍요로움은 또 어쩌겠나.

노학자는 그 조각 앞에서 발꿈치를 올리곤 놈들의 맞닿

은 입술을 양손으로 쓰다듬는다.

"이러면 부자가 된다지만, 하기사 밥 안 굶고 사는 게 부자의 입문인 걸."

노학자는 양손을 가슴에 모은다.

명아나운서도 그 조각의 입술에 입맞춤 한다.

"마크랑 나란히 이 조각 입술에 키스한 뒤 빅토르를 낳았지요. 혼인한 지 팔 년 만에 얻은 경사랄까요."

"말 성기보다도 누에 침샘이 더 정력적이었던가 봐."

그들은 마주보며 상쾌하게 웃는다.

진영은 몽마르트 언덕에 올라 누에다리를 건너, 서초사거리 건너편에 있는 문화방송으로 출근한다. 퇴근도 그 길의 답습이다. 크리스마스나 명절이 다가오면 누에다리 양쪽에 설치된 조명에서 뿜어 나온 무지갯빛에 현혹 돼 은빛 날개를 단 천사가 된 양 달뜨곤 했다.

누에다리 중앙에서 동서남북을 바라보는 정취도 정감을 일으킨다. 몽마르트 공원과 서리풀 공원을 낀 양쪽 산의 수목도 그렇다. 북쪽 저 멀리는 남산 타워가 보인다. 다리 바로 옆의 웅장한 건물이 국립중앙도서관이다. 진영은 그곳으로 가서 자주 희귀도서들을 구해 읽어 명아나운서의 품격을 더한층 높인달까. 남쪽은 우면산을 뒤로 한 예술의 전당, 그 외에도 대법원, 검찰청, 효령대군의 사당인 청권사, 사랑의 교회 첨탑, 문화방송의 청기와 건물도 정겹다. 그리고 가까이 있는 한 그루 나무도. 서초 사거리 중앙에 자리 잡은 아담하면서도 신령한 나무가 시선을 끈다. 서초구 보호수로 지정된 향나무다.

모두나무

아이는 훌쩍 자라 청년이 되었습니다. 이 세상에서 제일 미쁘고도 귀골이라고 이웃들이 평했습니다. 머리에서 발끝까지 상처 하나 나지 않고 험 하나 없는 미끈한 몸매였습니다. 이마는 반듯하며 눈썹은 짙고, 눈은 부리부리하면서도 인애가 깃들었습니다. 코는 우뚝하면서도 살이 붙은 복코였습니다. 세상을 밝히 아는 듯, 그 눈동자가 빛을 발하면 이웃들은 다툼을 멈추고 서로 화목하며 분위기는 한결 부드러웠습니다.

청년이 지나치면 서리풀의 나무들은 쭉쭉 가지를 뻗치

고, 꽃들은 향기를 발하며 활짝 피었습니다. 따라서 서리풀의 사람들도 근심과 걱정은 붙들어 매고 하하하 웃었습니다. 웃음은 만복을 걷어 들여 나무들은 초록으로 풍성하고, 꽃들은 무지갯빛으로 세상을 환히 밝혔습니다. 청년의 입은 세상을 품은 듯 했습니다. 그 입에서 말문이 열리면 이웃들은 귀담아 듣고 행했습니다.

서리풀 사람들은 청년 부친이 왕씨 성을 지닌 고려 태조 후손이다. 청년이 왕족이니 서리풀의 지도자가 된 건 당연하지 않느냐, 라며 경외했습니다. 고려 왕족의 후예들이 그곳에 무리지어 산다는 소문을 듣고, 이태조가 멸하려 했다. 그랬지만 꿈속에 왕건이 나타나 제발 살려 두라고 호소 해, 그대로 살게 했다는 게 그 지방의 전설이었습니다. 그리고 서리풀 입구에 마늬골이란 고개가 있는데, 호랑이와 도둑들이 설치는 무시무시한 곳입니다. 그런데도 청년이 다가가면 도둑들도 호랑이들도 허리 구부리고 보호해 더욱 청년을 경외 했습니다.

날이 가고 해가 지났습니다. 이웃들이 숨지고 태어난 신생아들이 또 늙어 숨졌습니다. 태어나고 숨짐을 반복하는 되풀이 삶에도, 청년은 늘 푸른 청청한 모습이었습니다. 청년의 행동은 이웃들의 귀감이었고 말은 잠언이 되었습니다.

어느 날, 어느 순간, 청년은 자취를 감췄습니다. 이웃들은 청년이 한울님 따라 하늘로 올라갔다고들 하고, 서리풀을 지나치던 나그네가 숨진 청년을 '내나무' 아래에 묻었다고도 했습니다. 왜냐면 청년의 보금자리가 내나무 옆이었거든요. 청년의 부모가 내나무를 심은 건 옥동자가 태어난 걸 기리기 위해, 나라의 발전을 기원하기 위해 심었다고, 서리풀 사람들은 믿었더랬죠. 더욱이 청년은 날마다 아침에 내나무에게 문안인사 올리는 걸 시작으로 그날을 맞이했으니까요.

그로부터 이웃들도 날마다 하루를 내나무에게 문안인사 올리는 것으로 시작했습니다. 그도 그럴 듯이 늘 푸른 청년처럼 그 나무도 늘 청청하며 미쁘니 닮고 싶기도 했습니다. 그 나무에서 풍기는 은은한 향기를 맡으면 잔병도 없어졌으니까요.

날이 가고 달이 지나 해를 넘겨, 세월이 흘러도 변함없이 그러니, 이웃들은 그 나무를 내나무라 부르지 않고, '모두나무'라고 불렀습니다.

천년을 넘나들며

백준 박사와 진영은 누에다리를 지나 그 아래 비탈길을 내려, 서초 사거리로 향한다.

"저희 방송에서 〈향이 인체에 미치는 영향〉에 대해 방송하기로 예정되었거든요."

"그 참 좋은 주제일세."

백준 박사가 화답한다.

진영이 아뢴다.

"우리나라에 향 피우는 풍습은 언제부터인지요?"

"6세기 초 중국 양나라를 통해서라나. 『삼국유사』 기록에 보면, 양나라 사신들이 향을 가져 왔다. 아무도 그 쓰임새를 몰라 아는 이를 수소문했더니, 묵호자墨胡子가 알려주었다. 이름은 향, 태우면 향기가 나는데 여기저기 두루 미친다. 향을 피우고 나서 소원을 빌면 영험 있다, 라고."

"묵호자에 대해 좀 더 들려주신다면?"

"그분은 신라 눌지왕 때 고구려에서 불교를 전하기 위해 신라 땅을 밟은 기인이거든. 때맞춰 왕의 딸 공주가 큰 병을 앓아 골골했는데, 그분이 향을 피우고 기도를 올렸더니 완쾌 되었다고 해. 왕이 그 은공으로 흥륜사를 지어주고 불법을 펴게 했대."

역사서에 기록된 기인의 행적은 기행으로 알려지게 마련이었다. 왕이 승하하자, 백성들이 묵호자를 죽이려 하자, 아무도 몰래 숨어 굴을 파고 문을 봉한 뒤 영영 나오지 않았다, 등을 노학자가 설명한다.

"공주를 살린 명의라면 초 대접 받을 텐데, 왜 백성들이 그분을 죽이려고 했을까요?"

"왕이 바뀌면 정책도 바뀌고 사람대접도 바뀌는 법이야. 그 때까지 불교가 신라에 정착 못한 이유도 있을 테고."

"향의 원조, 향나무의 쓰임새는?"

"향나무는 태워서 향을 내기도 하지만 발향이라 하여 부인들의 옷에 다는 장신구로도 쓰였어. 건강을 지키는 묘약이랄지. 십자가, 염주, 불상 등 종교계에서도 애용 되었고. 부채 등 두루두루 쓰임새가 탁월했던가 봐. 무당들의 점치는 도구로도 쓰였거든. 한 땐 금값보다도 귀한 대접을 받았으니, 묘약의 알토란인 셈이지."

마침내 그들은 서초 사거리에서 걸음을 멈춘다. 차들의

행렬이 이어져, 그 가운데 선 향나무를 멀찍이 우러르는 자세가 된다. 가지를 뻗치며 위로 오른 향나무의 잎들이 뭉쳐 둥근 모양새라, 공중에서 몽실몽실 뜬 것 같다.

"아침은 떠오른 해 같기도, 밤은 보름달 같기도, 대낮엔 구름덩이 같기도, 해질 녘이면 노을빛을 받은 꽃송이 같기도 하거든."

"전 좀 다른 관점이랄까요. 아침저녁 직장으로 출근하며 우러러보노라면 으스스 하면서도 무섬증 이는, 저절로 고개가 수그러지거든요."

"그 신령함에 취해서 그래. 무한정 전설을 간직하기도 하고, 실제 그동안 역사의 산 증인 아냐."

고려의 멸망과 조선의 건국을 지켜봤을 테고. 세종대왕의 한글 창제 땐 덩실덩실 춤췄을 테지. 단종이 영월로 귀양 갈 때와 사육신의 죽음엔 애도를 표했을 테고. 오랑캐 놈들과 왜놈들의 침략 땐 울분을 토하지 않았겠나. 대한제국이 일본과 합방됐을 땐 사자후를 발했을 거고. 6·25 동란 땐 피눈물을 삼켰을 거네.

고백하던 노학자의 눈에 눈물이 글썽인다.

"나는 님의 기를 받으며 성장했거든. 염주나 발향 노리개가 인체에 유익 주는 거라면, 님 곁에서 숨 쉬는 것만으로도 보약을 마시는 거와 진배없다고 말이야."

"님이라뇨?"

"존칭은 사람에게만 존재하는 게 아니거든."

노학자가 맨발의 청춘이 된 것도 이 향나무와 무관하진 않다. 서초 올레길을 걷다 이곳에 당도했을 때였다. 발이 가려웠다. 운동화와 양발도 벗어 가려운 곳을 긁었더니 그리도 시원할 수가 없었다. 그 순간 깨달았다. 아, 이 향나무의 영험이 내 발에도 미친다는 걸.

서초구에 도로공사가 진행됐을 당시, 님이 도로 가운데 서서 어지러울 테다. 수명은 어떻구. 시민들에게 위안을 주기 위해 공원 조성은 어떻겠느냐. 시민들의 의견이 빗발쳤더랬지. 도시 개발에 가장 합당한 조치란 미명 아래, 본래 그 자리에 모시긴 했지만. 돌을 쌓아 둑을 만들고, 사람들이 얼씬도 못하게 제재를 가했으니. 도로 한 가운데 있으므로 차량들이 밤낮으로 님을 가운데 두고 빙글빙글 돌잖아. 나는 님을 뵐 때마다 바로 우리 인간들의 고뇌를 떠올리곤 해. 여럿 가운데서도 고독을 느끼는. 인간은 홀로일 수밖에 없듯이 님도 홀로일 수밖에 없다는 것 말이야.

"그런 고민 끝에 매주 토요일 오후 서초 올래길을 걷기전, 위로해 드리고 싶어 기타를 들고 이곳에 들린다네."

진영도 북향인 문화 방송국 사옥에서 바라보노라면 바로 앞뜰에 님이 서 있는 듯하다. 업무에 시달리다가도 님과 마주치면 피로가 싹 가신다. 천여 년 세월을 키질하고도 당당하며 미쁜 자태라면, 내 가슴에도 한 그루 향나무가 자라며 향기를 발한다고도.

잠깐, 노학자의 눈빛이 그윽해진다.

"바로 여기가 꽃동네라네. 지금은 아쉽게도 사라졌지만. 꽃들의 그루터기라 옥토에서 품어 나오는 땅김도 향기로움일세."

노학자의 심중을 헤아린 진영이 먼저 바이올린을 컨다. 그 곡은 노학자가 님을 위해 지은 가사에 곡을 붙인 내용이다. 서초문화회관에서 두 악사끼리 이중주를 연주한 것도 그 곡이었다.

사랑하리, 영원히,
내 님은 천년을 하루 같이, 하루를 천년 같이
세월을 길쌈 해
만백성들이 우러러는 신목이 되었네.

향을 발해 인체에 덕을 끼치니, 천년만년 살고지고
나라가 태평하면 웃고, 나라가 위험하면 눈물 흘리네.
누군가의 희소식에 접하면 춤추고 노래 부르는
너와 나의 버팀목, 모두나무가 되었네.

덩달아 노학자도 기타를 켠다. 그들의 이중주가 널리 퍼져 나간다. 앞서 달리던 승용차가 그 가락을 듣고 멈춘다. 차량들이 줄줄이 멈춘 게 아득히 이어진다. 교통경찰의 호각 소리도 연이어 들리더니 멈춘다.

노학자와 명아나운서는 차도를 건넌다. 바로 님의 아래로 다가가서 가락에 따라 합창한다. 사랑하리, 영원히.

*이규태, 『5분 지식』, 「내나무」(우리두리출판사, 2005년) 54p, 56p.

오동나무 아래서

밤새 우등고속버스를 타고 진주에 내리자, 안개가 잔뜩 끼었다. 날이 새긴 했지만 시야를 가리지 못하게끔 어두웠다. 아직 팔월인데도 새벽 냉기는 이미 가을의 문턱을 넘어섰다.

"짐 좀 들어 주이소."

시외버스 터미널 광장에서 웬 사내가 말을 걸어왔다. 고속버스 안에서 코를 골며 잠자던 사내였다. 사내는 손놀림이 자유롭지 못한 듯 어정쩡한 모습이었다. 무슨 보물단지 껴안듯 끈을 목에 두른 작은 보따리를 품에 안고는. 나는 사내가 내민 여행 가방을 들었다. 말씨로 봐서 진주 토박이처럼 보여 길 안내를 받고 싶어서였다. 사내는 차도를 건너 외진 곳의 회색 봉고 앞에서 걸음을 멈췄다.

"찬바람도 부니, 차 안에서 좀 쉬었다 가이소."

나는 어찌 할 바를 몰라 머뭇거렸다.

"참, 어디까지 가시능교?"

사내가 물었다.

"진양군 대곡면 와룡리 봉평."

그냥 봉평이라 하면 사내가 못 알아들을 것 같아, 나는 군과 면까지 밝혔다.

"봉평이라면 누구 댁에 가시능교?"

"월암댁."

골목으로 접어든 승용차 헤드라이트 불빛이 사내의 얼굴을 비췄다. 불빛은 나의 얼굴도 비췄다. 우리는 서로 상대방의 얼굴을 응시했다. 사내의 눈이 등불처럼 켜졌다.

"영수 아이가? 맞제? 월암 양반은 니 당숙부고."

사내는 나의 양손을 잡았다.

"그렇다네. 넌 상도지?"

내가 상도를 마지막 본 건 중학교 졸업식 날이었다. 얼굴이 길고 깡마른 체격이었는데, 너부데데하면서도 살이 쪄 쉽게 알아보지 못했다. 까까머리 소년과 상고머리 중년은 엄청 차이 나게 마련인지. 차 주인이 봉고 뒷문을 열자, 비릿한 생선 냄새가 코를 찔렀다. 상도는 천하 장돌뱅이로 통했던 덕용 씨의 외아들이었다. 결혼 전, 서너 번 고향 나들이 했지만, 코흘리개 동무들을 만나도 상도는 보지 못했다. 아비 따라 이 장 저 장을 떠돌아다닌다던가.

"괴기장수 아들이 괴기장수 하긴 쉬운 긴께. 냄새가 나도 좀 참그래이. 오늘이 장날이니, 북창에서 해장국을 묵으며 코흘리개 시절의 이바구를 소쿠리 엮듯 엮어보잔께."

북창은 대곡면 소재지로 장이 서는 곳이었다. 상도가 운전석에 앉자 시동을 걸었다. 목에 맨 보따리를 내려 옆자리에 고이 모셔두고. 내가 그걸 들고 옆자리에 앉으려하자, 손을 휘저었다.

"우찌 귀한 손님을 함부로 태울 수 있노. 뒤에서 편안히 쉬어라."

"그건 무엇이기에 신주단지 모시듯 하는가?"

"씨나락 까 묵는 소리는 아니구먼. 이건 유골함인 기라."

유골함이라니. 나는 후덥지근한 차 안에서 오싹 한기가 들었다.

후드득 빗방울이 떨어지자, 아이들은 오동나무 아래로

몰려들었다.

"이 세상에서 제일 큰 우산은?"

나의 우렁찬 목소리에 빗소리가 숨을 죽였다.

"닥밭골 오동나무."

아이들이 일제히 화답했다.

닥밭골은 봉평의 또 다른 이름이었다. 어른들은 닥밭골 오동나무를 인물이 참으로 잘생긴 귀골이라 했다. 오동나무 는 우리 동네 동쪽 논 가운데 우뚝 서서 그늘을 길게 드리웠 다. 어른들은 새참을 먹거나 쉬기 위해 그 아래로 모여들었 다. 아이들도 그 아래서 재기차기랑 땅뺏기 놀이하며 지냈다.

오동잎 사이로 보랏빛 꽃들이 피었다. 상도가 그 꽃을 꺾 어 미선의 머리에 꽂자, 벚꽃 모양의 머리핀이 비뚜름해졌다.

"그 사쿠라 머리핀 없애버려라. 일본 아재가 니를 데리러 온다 카든데?"

미선 아빠는 재일 교포였다. 돌맞이 때 엄마를 여읜 미선 은 혼자 된 고모 슬하에서 자랐다.

"난 아부지는 좋아도 오사카엔 안갈 기다."

미선이 다부지게 내뱉었다.

"우리 무슨 놀이할까?"

내가 묻자, 상도가 소맷부리로 코를 훌쩍거렸다.

"액땜 놀이. 나의 까마구 똥도 없애고 윤구의 사마구도 없애고."

상도는 양 눈썹 사이에 큰 점이 있고, 윤구 손등에는 사마귀가 오톨도톨 돋아났다.

"이 사마구를 어떻게 없새노?"

윤구가 손톱으로 사마귀를 빡빡 긁어댔다.

"요 잎사구에다 내 까마구 똥을 그리고, 니 사마구를 그린 걸 개울가에 묻는 기라. 그러몬 아씨 빨래 삶는 재물맨치로 폭 삭아져, 저절로 검은 점도 없어지고 사마구도 달아나 버린다 카더라."

상도의 부추김에 아이들은 너도나도 오동잎을 들었다.

"얼굴과 손을 그리려면 연필이나 크레용이 필요하잖아."

내가 거듭 재촉했다.

"연필로 그리면 잎사구가 찢어지고 크레용도 잘 안 그려지는 기라. 먹물이 좋대나."

상도의 설명을 듣고, 순이가 잰걸음으로 달려가서 먹통과 붓을 가져왔다.

"난 얼굴에 검은 점도 없고 손등에 사마구도 없는데 무얼 그리노?”

순이의 손이 허공을 맴돌았다.

“이 바보, 니 얼굴에 깨알처럼 난 까막딱지를 그리면 없어진다카이. 누가 바늘 가진 것 없나?”

상도가 재촉하자, 미선이 가방 속에 든 바늘쌈을 꺼냈다. 금발 공주가 그려진 동그란 진분홍 비닐 가방이었다.

“미선이랑 그 공주랑은 천상 닮았다카이.”

상도는 오동잎에 붓으로 얼굴을 그리고 바늘로 송송 구멍을 뚫어, 그 위에 먹물로 칠했다.

“붓으론 까막딱지를 못 그리니 바늘이 필요한 기네.”

내가 알았다는 시늉으로 뒤통수를 긁적거렸다.

“니는 뭘 그릴래?”

윤구의 질문을 받고, 나는 오른쪽 발을 치켜들었다.

“여기 발바닥에 검은 점이 있거든.”

“그건 이리저리 마음대로 왔다리갔다리 한다는 복점인께 잘 모셔라.”

상도가 오동잎에 얼굴을 그리고 양 눈썹 사이에 검은 점을 찍었다.

“난 봉평이 좋아. 여기서 두고두고 살 끼다.”

나도 오른쪽 발을 오동잎에 대어 붓으로 본을 떴다.

"니는 뭘 그릴 끼고?"

순이가 미선에게 질문했다. 대답은 상도 입에서 나왔다.

"공주에겐 액점이 없는 기네."

"가슴에 큰 점이 있는 데에도오?"

윤구가 공중을 향해 오른손 검지로 유방을 그리고, 그 옆에 검은 점을 찍는 시늉을 했다. 아이들이 킥킥거려, 미선이 볼을 붉혔다.

"그건 삐까삐까한 자슥을 낳는 복점이라 카더라."

상도가 부추겼다. 삐까삐까한 아들 두몬 잘 봐 도라. 아이들은 너도나도 미선에게 아부를 떨었다.

"점쟁이 될라카나. 우찌 그리 척척박사고?"

윤구가 손등에 난 사마귀를 오동잎에 그렸다.

"우리 아부지에게 배운 기라. 장사는 사주 관상을 잘 봐야 안 밑지고 돈방석에 앉는 기래."

아이들은 오동나무 옆에 있는 개울가로 갔다. 개울에선 물이 졸졸 흘렀다. 아이들은 개울 옆의 차진 흙을 파서 오동잎을 묻었다. 미선이 그린 것도 내 발을 본 뜬 것이다. 그걸 알고 내가 외쳤다.

"미꾸라지가 바깥 기경 나오네. 우리 요놈들을 잡아 냠냠 해 볼까."

차는 우툴두툴한 논길을 달렸다. 상도가 넓은 길을 피하고 샛길을 택한 건, 빨리 고향으로 가고픈 나의 마음을 대변했다. 들에는 벼가 익어가고, 일하는 농부의 밀짚모자 위로 고추잠자리가 날아올랐다. 몸집이 붉은 수컷과 누르스름한 암컷이 어울려 나는 것이 시야에 잡혔다.

"잠자리는 새끼를 잘도 쳐 지 계집 새끼 데리고 날아 댕긴께. 메뚜기는 씨종자도 안 비치니, 나락도 살이 안 쪄."

상도의 눈빛이 점점 밝아졌다. 술독에서 깨어났는지 목언저리의 잿빛도 붉은 빛을 띠었다.

"메뚜기가 벼에겐 천적이잖아. 나락이 살 안 찐다?"

"모든 생물에겐 천적이 있어야 생생해 지는 기라. 천적에게 안 물리고 이기려고 투쟁하기 위해선 천하장사처럼 심이 세야제."

창가에 머물던 햇빛이 운전대를 쥔 상도의 손을 거쳐 유골함이 든 보따리를 비췄다. 나는 코를 컹컹거렸다. 저 유골함은 누구의 흔적일까. 무슨 원한에 사무쳐 부적처럼 지니고 다닐까. 의문이 일었지만 접어두기로 했다. 백미러를 통해 나를 응시하는 상도의 눈빛이 예리해서였다. 저렇듯 고이 모시는 거라면 식구 유골일 게 분명했다. 오줌싸개 동무랑 30여 년을 지나 만난 자리였다. 섣불리 불길한 가정사에 대해 물어보는 건 자존심을 건드리는 것이다. 누구보다도 상도는 자존심이 강했다. 속을 훤히 해부해 보일 듯해도 정작 칼로 파헤치지 못하고 상처 난 곳은 쥐도 새도 모르게 바늘로 깁는 게 상도의 속셈이었다. 자신을 위한 이기심보다는 이웃을 배려하는 의협심이 강한 탓이랄지. 상도는 휘파람 불며 앞이마에 내려온 머리카락을 쓸어 올렸다. 앞이마가 훤히 드러남과 동시에 검은 점이 보이지 않았다. 처음 내가 상도를 못 알아 본 것도 검은 점이 없어서였다. 나의 심중을 헤아렸는지 상도가 핫핫핫 웃었다.

"나의 액땜은 난전에서 사주를 봐 주던 판수 아지매가 붓에 청산가리를 묻혀 빼주었지. 덕택에 양 눈썹 사이에 흉터가 생겼지만. 그 때의 통쾌함이란 보금산 봉우리를 칼로 단박 요절내는 것 같더라니까. 부부 합이 깨소금이 못되고 이별수가 있다 캐서 거울을 볼 때마다 손톱으로 후벼 파서 피멍이 들곤 했제."

보금산은 봉평의 앞산이었다. 오줌싸개 동무들은 그곳에서 진달래나 머루를 따서 먹기도, 나뭇가지에 그네를 매달아 타기도 했다.

"삼천포에서 괴기들을 사와 북창 장날에 팔몬 아버님은 반드시 약한 놈 옆에 강한 놈을 넣어 안 먹히게끔 몸부림치게 하셨거든. 안 그라몬 괴기가 쉬이 죽어 손해를 보니께."

덕용 씨라면 충분히 그러고도 남을 장사꾼이었다. 효석 선생이 강원도 봉평 장을 무대로 「메밀꽃 필 무렵」이란 작품을 썼다면, 진양군 봉평 출신 작가는 북창 장을 무대로 덕용 씨를 주인공으로 내세워 명작을 쓸 만도 했다. 우리 오줌싸개 동무들이 북창에 자리 잡은 대곡중학교에 입학해 그 단편소설을 읽고서야 봉평이란 마을 이름이 다른 곳에도 있다는 사실을 알았다. 마치 고향을 도둑질 당한 것처럼 분개했던 기억이 새롭다. 닥밭골이란 마을 이름도 여러 곳에 있는 걸 알고, 이름도 동명이인이 있듯 마을 이름도 동명이 많다는 것에 어느 정도 위안을 받긴 했지만. 고유명사는 하나로 족하지, 둘은 금물이라는 것이 지금까지도 변치 않은 나의 고집이었다. 나는 캐나다에서 15년을 지내도 '허영수'라는 이름을 그대로 사용했다. 한국인들이 외국에 오래 살다 보면 타국에 적응하기 위해서도 그 나라에 알맞은 다른 이름을 사용하기 쉬운데도. 덕용 씨는 사리판단이 정확하고 이문을 남기는 데도 절제의 미덕을 지녀 손님들의 사랑을 받았다. 팔다 남은 생선은 끼니를 굶는 이웃에게 나눠주었다. 허물어져 가는 집으로 찾아가서 목수 일도 도와주었다. 다만 의처증이 심해 가끔 아내를 구타해 이웃들의 눈총을 받긴 했지만.

차는 논길을 지나 차도로 빠져들었다. 동네마다 다른 건물들이 들어서고 길이 변해도 어디쯤인가는 짐작이 갔다.

상도가 기지개를 켰다.

"진양이란 진주의 옛 이름인 걸 니도 알제. 닭이 알을 품듯 노른자위는 진주시, 흰자위는 진양군으로 금을 그어, 이젠 다시 합쳐 진주시로 불리제. 진양군이란 이름이 없어지니 달걀 흰자위는 사라지고 노른자위만 남아, 그것도 안 노랗고 노르무리해 토종닭 맛이 영 정 떨어진 것 같다네. 토종닭의 별미는 노른자위는 노랗고 흰자위는 희어야 맛이 고솜한 긴께."

나도 그런 사실을 알면서 편지를 쓸 때는 언제나 진주시 진양군 대곡면 와룡리 봉평이란 주소를 고집했다. 그것도

설을 맞이해 안부 편지를 당숙에게 띄운 정도였다.

내가 우리 식구랑 캐나다로 떠난 건 결혼한 지 이태가 지난 뒤였다.

그즈음 몬트리올에서 서점을 경영하던 형으로부터 동생의 도움이 필요하다는 간절한 국제전화가 왔다. 그리하여 마땅한 직업이 없던 나의 마음을 움직였다. 아내 또한 고시에 연거푸 떨어진 남편의 뒷바라지를 달갑잖게 여겼다. 더구나 형이 위암에 걸린 시한부 생명이라 서점을 맡아 경영해 달라는 간곡한 부탁을 저어할 수도 없었다. 형은 내가 몬트리올에 도착한 지 이태도 안 돼 세상을 등졌다. 서점에서 형의 자리를 지키다보니 그럭저럭 타국에서 뜻하지도 않은 긴 세월을 보낸 셈이었다. 그런 이면엔 한국으로 돌아가고 싶지 않다. 아이들을 키우려면 여기가 더 좋다는 아내의 고집과 형 피붙이 삼남매를 껴안은 탓이었다. 서점은 활달한 형수의 내조 덕으로 형이 잘 꾸려왔기에 내가 인계 받아도 별다른 어려움은 없었다. 형수는 몬트리올 시민들에게 지식의 텃밭 구실하던 서점의 장점을 잘 파악해 손님들을 끌어들였다. 서울에서 서점을 운영하던 친지를 통해 고서적과 신간들을 적절히 구입해 고국을 등진 한국인들의 갈증도 풀어주었다.

형이 캐나다에 정착한 건 형수의 권유에 의해서였다. 형은 웬만큼 돈을 벌면 고향으로 돌아와 감나무 농장을 경영하는 게 꿈이었다. 형의 꿈은 항해를 하던 상선에 불이 나화상을 입고 직장에서 해직 당해 실직자가 되면서 좌절되었다. 화상은 왼쪽 허벅지에 크게 상처로 남았지만 밖으론 안드러나 생활하는 데 지장 받을 정도는 아니었다. 하지만 씀씀이가 헤픈 데다 냉동 공장을 인수해 경영의 불실과 사기까지 당하고 보니, 좌절해 술만 마셔댔다. 그런 남편을 보다못한 형수가 부추겼다.

캐나다로 가요. 먼저 이민 간 친정 부모님과 형제들이 도움 줄 거예요. 당신이 어차피 고향을 등진 채 부산에서 생활할 거라면 무얼 그리 망설이나요.

고향을 등진 것과 고국을 떠난 게 같은 줄 알아?

목소리를 높이던 형도 빚쟁이들에게 쫓기는 신세가 되어, 결국 형수의 뜻에 따랐다.

북창에 당도하자, 가을 하늘이 푸르렀다. 나의 모교 대곡중학교 옆에 고등학교가 들어서고, 오층 건물 아파트 한 동과 시장에 삼층 건물이 들어선 것 외엔 변한 게 없었다. 장이 서면 동네 특산품들을 진열하고 길거리에 좌판을 벌리며 장구 치고 북 치고 술에 취해 패싸움 벌이던 예전과는 달라, 장다운 맛이 사라졌달까. 사람들도 원하는 걸 사려면 시내로 가기에 많지 않았다.

장이 서는 날이면 진양군 일대를 돌며 여기저기 좌판을 벌려 장사를 하던 덕용 씨와는 달리, 상도는 북창 중앙에 점포가 딸린 삼층집에서 살았다. 두 딸에겐 아비가 생선 자르는 걸 보이기 싫고 비린내 나는 곳에 둘 수도 없다며, 시내 아파트에 살게 한다던가.

해장국으로 허기를 채운 아침식사와는 달리, 점심은 상도 처가 푸짐한 잔칫상을 마련했다.

삼층에 마련한 잔칫상에는 상도와 나, 순이가 자리를 함께 했다. 순이는 한참이나 위의 누나처럼 보일 정도로 겉늙고 찌들었다.

"그 까막딱지, 제비가 물고 갔나 안 보이네."

내가 농을 걸었다. 얼굴도 검게 타서 주근깨가 보이지 않았다.

"사는 게 흙을 뒤집어쓰는 기라, 파리가 세 쓸 뜸도 없다니께."

순이가 퉁명스레 응수했다.

"깨소금 쩛다 너무 까불어 복상사를 했나, 윤구는 왜 안 오노."

상도가 소주를 나의 잔과 순이 잔에도 넘치게 따랐다.

"손재고 있을 틈이 오데 있노?"

순이가 널름 잔을 비웠다.

윤구가 재배하는 봉평 뒷동산 감나무 농장은 형이 꿈꾸던 낙원이었다. 조금 전 면사무소에 들러 조사해 봤더니, 그 뒷동산의 주인은 예전처럼 형 이름 그대로였다.

"이 좋은 가실, 하늘만 처다봐도 배가 안 부르고?"

나는 딴청 부렸다. 앞으로 벌어질 농장 관리인과 산 주인 대리인과의 논쟁이 심상찮을 것 같아 바짝 긴장했다.

"느네들 와 이라노? 이걸 보믄 씨암탉 고아 묵는 소리는 안 하겠제."

상도가 벽장 속에 든 유골함을 꺼내 교자상 위에 놓았다. 그걸 보고 순이가 통곡했다.

"이 몹쓸 년아, 고리도 모질게 버티더니 재가 되어 돌아왔구나."

첫 고시에 낙방하고 다시 재도전 하려는데, 미선이 찾아왔다. 자하문 밖 외딴 집에서 자취하고 있을 때였다.

"좀 재워 줘."

나를 껴안아 달라는 것보다 더한 유혹이었다. 땟물이 쏙 벗겨진 미선은 예전의 공주 모습보다도 더 어여쁘고 요염했다. 더욱이 끼니 한 때를 때우기도 어려웠는데, 쌀과 찬거리를 푸짐하게 가져 와서 거절할 처지가 아니었다. 미선이 일본으로 건너가 결혼했다. 남편이 교통사고를 당해 홀몸이 되었다. 그 소식을 순이에게 들은 뒤였다. 어린 시절 서로 눈이 통하긴 해도 마음까지 열 정도로 정이 깊은 건 아니었다. 풋사랑이 꽃 피울 수 없었던 건, 나는 부산에서 고교를 다녔고 미선은 일본으로 떠나서였다. 부모를 일찍 여읜 나는 형 슬하에서 자랐다.

"방이 너무 비좁잖아. 더럽기도 하고."

앉은뱅이책상과 책들, 석유난로와 취사 도구들이 어지러이 널린 방안은 한 사람이 거우 누울 공간이었다.

"여긴 너무 구석진 곳이라 뭘 사려고 해도 불편해. 서대문의 아파트로 가 볼래?"

"좋긴 하지만."

나는 말끝을 흐렸다.

우리는 곧장 서대문으로 이사했다. 서점과 학원도 가까이 있어 내가 바라마지 않은 곳이었다. 미선은 음식 솜씨가 좋아 나는 배불리 먹고 잠자리도 편해, 공부는 뒷전으로 밀려났다.

"이 김치엔 무엇이 들었어? 냄새가 독특하면서도 향긋 하잖아."

"산초 빻은 가루를 넣어서 그래. 금조봉金鳥峰에서 딴."

금조봉은 봉평의 동쪽 산이었다. 옛날에 금빛 나는 새가 날아다닌, 전설이 전해 오던 길지였다. 봄이면 봉평의 아낙들은 산나물을 캐기 위해 자주 오르곤 했다. 금조봉 아래의 키 큰 나무가 닥밭골 오동나무였다.

"어떻게 구했지?"

"순이에게 부탁했어. 김치에 산초 가루를 넣으면 입맛이 동하고 김치도 덜 시고, 푹 삭은 국물 맛도 일품이거든."

때 맞춰 내놓은 싱싱한 생선회와 갈치조림, 갈비구이를 포식하고 나면, 편안하고 쾌적한 잠자리가 마련되었다. 침대에 누우면 미선이 나의 품으로 파고들었다.

"아버님은 잘 계셔?"

오사카에서 빠찡코를 운영하며 일본여자와 재혼해 남매를 낳았다는 게 내가 아는 노인의 내력이었다.

"당뇨로 고생하시지만 계모가 잘 간호해 그럭저럭 지내시긴 해."

빠찡코의 수입도 괜찮고 계모도 잘 대해 줘 미선이 오사카에서 지내기엔 별 어려움이 없었다. 계모의 사촌동생 이시하라의 애정 어린 눈빛이 싫어 몇 번이나 서울로 오려고 짐을 꾸리긴 했지만. 병약한 아버지도 딸을 곁에 두고 싶어 했고 미선도 뿌리치고 귀국할 상황이 아니었다. 아버지가 빠찡코를 잘 운영하던 이면엔 이시하라의 도움이 컸다. 빠찡코를 차린 건물 주위엔 야쿠자들이 득실거렸다. 그런 와중에 미선은 이시하라와 결혼했다. 이시하라가 빠찡코의 수입을 가로채려던 야쿠자들과 맞서 몰매를 맞고 병원에 입원하자, 미선의 마음이 동했던 거였다.

"이시하라는 어떻게 숨졌어?"

내가 의문을 발했다. 미선은 움찔하며 방바닥에 얼굴을 대고 흐느꼈다. 교통사고가 아니었구나. 나는 속으로 되뇌었다.

시간이 지날수록 맛깔스런 음식과 미선의 육체를 탐하다

보니, 공부는 뒷전으로 밀려났다. 공부보다도 밤마다 헛소리 치며 식은땀 흘린 미선을 보호해야겠다는 마음이 더 강하게 일었다.

그 해 여름이 가고 이듬 해 가을이 지나고, 그 다음 해 겨울이 왔다.

내가 두 번, 세 번 사법고시 도전에서도 떨어지자, 미선이 단안을 내렸다.

"난 영수 씨를 돕고 싶었는데."

"정말 모르겠어. 왜 이런지."

날이 갈수록 미선에게 빨려드는 게 싫었다. 세 번의 사법고시 낙방은 더 이상 나락으로 떨어져선 아니 된다는 결심을 다지게 했다. 미선이야말로 나를 나락으로 떨어뜨린 '요주의 요물'임을 터득하며. 미선의 흉몽이 내게 전염되었는지 자주 이시하라가 야쿠자들의 칼에 찔리던 꿈도 꾸었다. 더구나 형이 캐나다로 떠나기 전, 너의 결혼식을 봐야겠다고 바득바득 졸랐다. 형은 왜놈과 배 맞은 년을 제수로 맞아들일 수 없다. 나 몰래 미선을 만나 동생의 앞길을 막지 말라는 협박까지 했다.

그날 밤, 미선은 뜬눈으로 밤을 새웠다. 형의 협박보다도 날이 새면 떠나야 하는 게 더욱 미선을 암담하게 했을 거였다. 아침이 되자, 방안의 공기가 무거웠는지 미선이 창문을 열었다. 바깥에는 눈이 새하얗게 내렸다. 미선이 손을 내밀어 나뭇가지를 잡고 흔들었다. 목련나무를 감싸던 눈 뭉텅이가 아래로 떨어졌다.

"춥지 않을까?"

나는 침묵했다. 묵언이 둘 사이에 가로놓인 무거운 순간을 넘길 묘약이라 여기며.

"닥밭골 오동나무 말이야. 외로울 거라고 피리까지 불어주었잖아."

자문자답하는 미선의 얼굴이 파리해졌다.

오줌싸개 동무들이 열 살 때였던가. 애완견 복실이 심심한지 밤이 되면 방안으로 들어온다고, 오동나무도 심심할 테니 피리를 불어 위로하자고, 미선이 제의했다. 달이 떠오르자, 오줌싸개 동무들은 냇가로 가서 버들가지로 피리를 만들어 오동나무에 오르곤 했다.

미선이 짐을 챙겼다.

"고민할 필요 없어. 잠깐 스쳤다 지나간 바람이라 여기면 돼. 바람은 정한 곳에 머물지 못하거든."

봉평은 북창보다는 많이 변한 것 같았다. 동네 집들이 예전 모습은 지녔지만, 나의 생가도, 다른 집들도 맥을 잃어버렸다고 할까. 젊은이들은 도시로 나가고 빈집이 많았다. 그나마 집을 지키는 사람들은 노인들이었다. 그들 중에서 예순 넘은 당숙 부부가 젊은이에 속해 집안 대소사를 돌볼 정도였다. 집집마다 벽과 담은 허물어지고 마당에는 잡풀이 돋아나도 일손이 모자라 방치되었다. 나의 생가도 폐가나 다름없었다. 마루는 삐걱거리고, 천장은 쥐가 들락거려 구멍이 숭숭 나고, 벽은 허물어졌다.

"노인들도 상여 알감인데, 집도 마찬가진 기라."

'상여 알감'이란 시체를 뜻했다. 당숙은 나의 생가를 수리하기보다는 재건축해야 한다. 이억 원이 필요하지만 작은당숙이 건축업자라 실비는 좀 적게 든다는 걸 밝혔다. 그만한 목돈을 마련하려면 종가라 허씨 친척들의 도움도 받겠지만, 형수와 내가 거의 부담해야 할 거금이었다. 머잖아 형수도 우리 식구도 귀국해 서울에서 살기로 예정되었다. 고향 나들이 하려면 생가의 보수 공사는 당연한 문제로 받아들여야 했다.

"좀 더 기다려 보기로 하죠."

내가 여운을 남기자, 당숙도 여유롭게 나왔다.

"윤구에게도 미리 귀띔했어. 해마다 일억 원 버는 건 저리 가란데, 누구 덕에 그만한 알돈을 챙기것노."

당숙은 윤구의 도움을 받아야 하는 걸 당연히 여겼다.

나는 뒷동산에 올라 윤구를 만났다.

"얼굴에 땟물이 쭉 빠지긴 해도 우째 영 신통치 않구먼."

윤구가 나를 저어하는 눈빛을 노골적으로 드러냈다.

"타향살이도 버거운데, 타국에서 양놈들 눈치 보려니 오죽이나 비위가 틀어졌겠나."

과거가 순탄치 않았음을 내비침으로 상대의 경계심을 늦추려는 나의 의도는 빗나갔다.

"자네 어부인 치맛자락에 양놈 잉크가 새나온가베."

가시 돋친 싸늘함이 나의 가슴을 쏴 훑고 지나갔다. 양키들 앞에선 웬만큼 인내력을 키웠지만 오줌싸개 동무 앞에선 참을 수 없는 분노가 치밀었다.

"난 마음이 거슬려도 너처럼 정신마저 그러진 않았어."

"요것 보래. 그래, 니 형 때문에 내가 죽자구나 고생바가지 쓴 것도 모리나?"

그 사실을 모를 리 없었다. 형 빚을 책임 지지 않으려고 나도 캐나다 행을 서둘렀으니.

"이 농장이 니 형 땅이라고 우길 사람은 없제."

윤구가 캉캉 쇳소리 냈다.

"십만 평 넘은 땅덩이가 형 명의란 사실은 알고도 남아."

형이 캐나다로 가기 전, 고향 동네 뒷산을 담보로 은행 대출 받았다는 것과, 산을 관리하던 윤구가 은행 빚을 안았다는 내용은 이미 당숙에게 들었다.

"옳은 말씀. 허나 이 산이 니 형 명의로 있는 한, 이 감나무 농장은 농장지기 내 거란 말이야."

윤구가 고함을 탕탕 쳤다.

"농장이 네 것이 아니라고 누가 말하던가. 산 주인은 형이고 조상 묘도 있어 장손에게 물려주기 위해 왔네."

내가 고향을 방문한 건 이 사건을 해결하기 위해서였다. 당숙에 의하면 농장은 비록 남의 땅이긴 하나 나무를 심은 자가 법의 보호를 받으니, 윤구가 호락호락 내놓진 않을 거다. 토지는 허씨 문중을 지키기 위해서라도 장손 명의로 등기 이전되어야 한다는 걸, 당숙은 이미 편지에서도 밝혔다.

감나무에는 감이 주렁주렁 매달려 올해도 풍년임을 예고

했다. 형이 관리한대도 더 이상 알차지 않게끔 감나무들은 풍성하면서도 맵시 좋게 잘 손질되었다. 큰 나무나 어린 나무는 비바람에 안 넘어지도록 튼실한 막대기로 받쳤다. 휜 가지나 부러진 가지도, 벌레 먹은 감도 눈에 안 띄었다.

"그건 내가 알 바 아니제. 난 이 농장을 목숨 걸고 키웠은 께. 아예 안 건드리는 게 신상에도 좋을 걸."

윤구가 누그러진 표정으로 변했다.

"부자가 되었다고 소문났던데 무얼 그리 억울하다고 캉 캉 탕탕 울리노, 울리긴."

나도 더 이상 열을 올려봤자 서로 다툼만 일어날 것 같아 선선히 나왔다.

"말도 마라. 니 형 빚쟁이들이 몰려들어 나를 사기꾼과 손잡았다고 삶아 데치는데 무말랭이 신세는 저리 가라였제. 또 나를 장조카 땅에 빌붙어 돈 번다고 월암 양반이 어찌나 눈꼴사납게 구시든지, 사는 게 바늘방석이었느니라. 농장 관리도 좀 힘드나. 마누라는 밤낮 일하느라고 군고구마처럼 쪼글쪼글한 할매가 되었고, 나 또한 저승사자가 데려가도 늦지 아니한 기라. 넌 팔팔한 청년처럼 보이는데 나는 꼬부라진 할배처럼 보이니 이 꼴이 뭐꼬. 일손 구하기도 하늘에

별 따기고. 무엇이 돈 된다 싶으몬 통시 구덩이도 잡아 묵는
세상이라, 단감 농장이 많이도 늘어나 값이 떨어질 대로 떨
어졌은께. 주문이 들어와 보내몬 품질이 나쁘다고 되돌아오
기도 하고."

윤구가 목청 높이는데, 순이가 술상을 봐 왔다.

"싸움은 무신 싸움. 오줌싸개 시절로 돌아가 잘 해결하몬
될 텐데."

예전의 오줌싸개 동무들은 오동나무 아래로 모여들었다.
오동나무는 변함없이 비 한 방울 흘리지 못하게끔 푸르디푸
르게 잎을 피웠다. 잠자리들도 무리 지어 오동나무 둘레를
돌고 돌았다.

순이가 오동잎을 따서 검정 매직으로 무얼 그렸다.

"눈 밑에 검은 점이 생겨, 자슥이 내 눈물을 받아 묵는다
카니. 뽑으려고 해도 너무 눈동자와 가차이 있어 장님 되기
십상이라."

검정 매직으로 그린 자화상은 먹물로 그린 것보다 훨씬
또렷하고 선명했다. 그래도 먹물로 그린 흐릿한 것보다는
정이 덜 갔다.

"우리들의 액땜 놀이는 지금까지도 유효한가?"

나는 헛기침했다.

"닥밭골에 사람이 사는 한."

순이가 개울가로 가서 자화상이 그려진 오동잎을 묻었다.

윤구와 나는 띄엄띄엄 보이는 보랏빛 꽃과, 꽃이 지고 난 자리에 가지마다 움튼 어린 열매들을 쳐다보았다.

"니도 알다시피 우리 집 담 옆에 오동나무 한 그루가 치솟았제. 큰 나무가 울타리 안에 있으몬 기가 세다고 아버님이 손수 베어 팔아버린 기라. 난 그 밑동 자리에서 한참이나 울었느니라."

"예로부터 봉황이 대나무 열매를 먹고, 집은 오동나무에 짓는다고 하여, 오동나무를 고귀하게 여겼지. 우리 동네를 봉평이라 부른 것도 오동나무와 대나무가 많아서일 거야. 닥나무도 좀 많아 동네 이름을 닥밭골이라 했을까."

오동나무와 닥나무는 우리 동네 서쪽의 초등학교 교정과 냇가에 아름드리 치솟았다. 대나무는 나의 생가 뒤에도, 보금산 아래에도 변함없이 푸르게 자랐다.

"이 오동나무가 이만큼 세월 풍파를 이긴 기이 내 손을 많이 타서라는 걸 누가 모르겠나. 가지가 너무 기울거나 뻗어나가몬 손질이 필요하고. 비바람에 부러져도 모양 좋게 잘라내야 하니, 이 쇠스랑 손이 더욱 갈고리가 안 되었는갑네. 장마가 지몬 통시 구덩이에 벌레가 좀 많이 바글바글 거리나. 그라몬 부러진 가지에 붙은 잎사구를 따서 집집마다 돌며 통시 구덩이에 넣어두곤 했제. 놈들이 바깥 기경 못하고 비실비실 안으로 기어든께."

윤구가 어설프게 웃었다.

"감나무를 기르다 보니 나도 나무에 대해 공부 좀 했네. 줄기가 자라면 어미오동母桐이라 카고, 그걸 잘라 주면 자동子桐이 나오는데, 어미오동보다 더 질이 좋다 카더라. 자동을 자르면 다시 줄기가 나와 그걸 손동孫桐이라 부른다나. 재질이 기똥차 목재 가구점에선 없어서 못 판대."

오줌싸개 동무들이 중학교 1학년 여름이었다. 그 해 가뭄이 들어 웬만한 나무들이 다 시들고 오동나무도 예외는 아니었다. 잎사귀도 누른빛을 띠고 벌레에 먹혀 숭숭 구멍이 난 게 많았다. 벌레들은 제 세상을 만난 듯 이 가지 저 가지 사이로 기어 다녔다.

오동충이 내 손가락보다 더 크데이.

먼저 오동나무에 오른 상도가 검지를 추켜세웠다. 괴기

에 끼어서 팔아야겠다, 라며. 지금 당장 구워 먹으면 안 되나.

오동충을 살피던 윤구가 입을 쩝쩝 다셨다.

무서바라. 입맛 다시기 전 니부터 갉아먹을 텐데.

순이가 주의를 주었다.

누에처럼 생긴 놈들이 먹음직스러우면서도 무섬증이 일었다.

놈들이 기똥차게 잘 생겼네.

내가 몸을 사리며 놈들을 잡기 위해 나뭇가지를 휘어잡았다. 그러자 놈들이 찌익 오줌을 갈겼다. 나는 오줌 줄기가 얼굴을 적셔 허우적거렸다. 조심 해. 나의 팔을 붙잡은 미선의 잔뜩 겁먹은 목소리가 뒤를 이었다.

일순 나의 두뇌에 〈주초위왕走肖爲王〉이 떠올랐다. 그즈음 우리들은 국사 시간에 조선시대의 기묘사화己卯士禍를 배운 뒤였다.

그 시절 궁중에는 오동나무가 많았나 봐. 그러기에 간신들의 명을 받은 궁녀들이 오동잎에 단 걸 발라 벌레들이 글씨를 갉아먹도록 했을 게 아냐. 이를 본 중종이 '이 무슨 해괴한 짓이냐.' 하며 근심에 쌓이자, '조씨가 왕이 된다'며 간신들이 농간을 부려, 중종이 이간질에 넘어가 조광조 일당을 역모로 처형했노라. 국사 선생의 재담이 기억났다.

나의 입에선 기발한 생각이 터져 나왔다.

간신이 되는 거야.

오줌싸개 동무들도 휘파람 불며 나의 계획에 동참했다.

조선 중기를 현재에 접목하기 위한 우리들의 시간 여행은 치밀하게 진행되었다.

먼저 예행연습이 필요했다. 내가 네 개의 잎사귀에 글자 하나씩 走·肖·爲·王이라고 붓으로 글씨를 쓰고 그 위에 조청을 발랐다. 미선이 이의를 제기했다. 너무 어렵고 복잡해. 벌레들이 어떻게 글자대로 입맛 다시겠어. 글씨 획을 나누자고. 조광조 학사를 가리키는 조趙씨는 走肖로 파자破字할 걸 상기 시켰다. 순이도 의의를 달았다. 궁중 시녀들이 우째 흔한 조청을 사용했겠어. 귀한 꿀 아니겠노. 그래 맞아. 꿀이겠지. 윤구가 답했다. 내가 8 글자를 나누자, 상도와 윤구가 여덟 개의 잎사귀에 붓으로 글씨를 썼다. 우리들은 여러 날을 두고 실험을 거듭했지만 놈들은 용케 꿀 바른 잎사귀를 피해 다닌 듯 했다. 비가 오거나 이슬이 비치면 꿀이 흘러내릴 것 같아 하얀 봉지까지 싸매고 놈들이 기어 다닐 공간은 비어 두었는데도. 다시 16글자를 나누어도 마찬가지였다. 우리들은 도중에 포기할 수 없었다. 사과 궤짝 안에 놈들을 잡아두고 잎사귀에 글을 새겨 역시 꿀을 발라 관찰했다. 일주일쯤 지나자, 잎사귀도 갈색으로 변하고 놈들도 갈색으로 변해 숨졌다. 충신이 되는 것도 어렵지만 간신이 되는 건 더 어려븐게. 내가 앞장서서 오동충이 아닌 개미로 바꿔 다시 도전하려고 했지만, 시간 여행을 더 이상 할 순 없었다. 쓰러지기 전에 손을 봐야 한다고, 동네 어른들이 오동나무를 베어버렸기 때문이었다.

윤구가 잠자리를 잡아 손바닥에 놓아 어르고는 공중을 향해 날려 보냈다.

"니가 외국 간 동안 자동이 자라 비바람을 견디며 요렇게 위풍당당하게 세월을 넘나들었은게."

"사람도 이 오동나무처럼 대를 이어 참하게 자라면 좀 좋겠나. 흔히 아비보다 못한 자식들이라고 야단들인데, 그게 타국 생활하던 형과 나의 고민이기도 했지. 형은 빚 때문에 도망쳐야 했고, 나는 형이 저지른 일을 설거지하기 싫어 비실비실 피한 기회주의자였으니. 타국에서 자식만은 잘 키워

야 한다는 의욕이 충전 돼도 어디 자식 농사가 뜻대로 되던
가. 한인도 양인도 아닌 별쭝쟁이 였거든. 형수도 나도 그게
걱정되어 부랴부랴 귀국을 서두르기로 했네."

"앞으로 서울에서 살게 되몬 자주 오니라. 사람 발소리가
그리워 엉엉 울고 싶을 때도 있다카이."

"나도 아내도 단감을 너무 좋아해 마구 따먹을 텐데."

내가 윤구를 저울대에 올리자, 순이가 손사래 쳤다.

"손해는 무신 손해. 감나무도 사람 숨소리를 들어야만 씩
씩하게 잘도 자라는 기라."

날씨는 더없이 맑고 따뜻해 감이 익어가기에 알맞은 기
온을 유지했다. 나도 윤구도 오동나무에 대해 더 이야기하
고 싶었다.

"나전칠기 목재도 오동나무를 많이 사용했고, 반닫이나
함도 오동나무로 만든 것이 사랑 받곤 했잖아."

"소나무나 대추나무, 단풍나무도 좋긴 하지만 무거버서,
저 보래. 유골함도 가벼워서 오동나무로 만들었을 기라."

윤구의 목소리가 떨렸다. 상도가 가까이 다가왔다. 유골
함을 안은 채.

"가끔 미선도 오동잎에 젖꼭지를 그리고 그 곁에 까마구

똥을 찍어 묻기도 했니라."

순이가 목소리를 낮췄다.

"삐까삐까한 아들 낳을 귀한 점이라던데?"

오른쪽 젖가슴 옆에 난 검은 점. 나는 탐스러운 미선의 유방을 애무하고 나면 곧장 그 검은 점에 입맞춤했던 기억이 떠올랐다. 나랑 헤어진 뒤 미선이 진주 번화가에서 다방을 차렸다는 소문을 듣긴 해도 나는 모른 척 넘겼다.

"미선의 반반한 생김새도 그렇지만 그 점을 탐한 사내들이 좀 많았나. 이 험한 세상에 자슥이라도 잘 낳아 호강하고 싶은 게 사내들의 욕심인 기라."

윤구도 목소리를 낮췄다.

"어쩌다 외로움의 끄나풀로 사내들을 물긴 했어도 마음은 항시 콩밭에 가 있었다는 걸 와 모리노."

순이가 내 눈치를 살폈다.

"이 사내 저 사내 품에 안겼는 게 자네 때문만은 아닐세. 미선의 천성이라고 봐야제. 무엇 하나 딱 부러지지 못하고 순해 빠지기만 했으니."

윤구가 한숨 쉬었다.

상도가 곁에 있어도 순이는 할 말을 입에 담았다.

"애비 모르는 자슥은 낳을 순 없다고, 아니지, 자슥보다는 사내 가슴을 더 탐했는지도 몰라. 다방 마담이라면 사내들 간 빼 묵던 야시들이 많았지만, 미선은 지 농밑돈을 날려가면서도 사내들을 모시곤 했제. 상도는 건강이 안 좋은 미선을 끝까지 돌봐 주었어. 미선이 폐암이란 진단을 받자, 서울 한강병원에 입원시킨 것도 상도였제."

상도가 미선의 유골함을 오동나무 아래에 놓았다.

"니가 오고 싶었던 닥밭골 오동나무 아래인 기라."

나뭇가지 사이로 숨바꼭질하던 햇빛이 유골함을 비췄다. 목이 잠긴 상도의 목소리가 다시 울렸다.

"미선의 유언이, 닥밭골 오동나무 아래에 지 혼백을 묻어 달라고, 지 혼백은 시퍼렇게 살아 닥밭골 오동나무를 지키고 싶다기에, 내가 눈물 바가지를 안 흘렸나."

윤구가 나뭇가지를 휘어잡자, 바람에 날리는 보랏빛 꽃잎들이 미선의 넋인 양 떠돌았다.

"뭐하고 있노. 빨리 손을 씻어야제."

개울물은 변함없이 졸졸졸 소리 내며 잘도 흘렀다. 나도 개울물에 손을 담갔다. 윤구가 재촉하지 않더라도 미선의 유골을 묻기 위해선 손을 씻어야 한다는 생각이 종잡을 수 없이 일었다. 상도가 부삽으로 오동나무 아래에 동서남북 네 개의 구덩이를 팠다. 흰 면장갑이 준비되었어도 우리들은 너나없이 맨손으로 미선의 혼백을 손에 고이 쥐고 오동나무 아래에 묻었다. 미선의 혼백이 나의 손에 쥐어졌을 때, 나의 육신도 푸르디푸르게 싹을 틔워 한 그루 오동나무로 우뚝 섰다.

미선의 수목장樹木葬을 치르고 나자, 어느새 밤이었다. 밤이슬 받아 파르라니 기지개를 켠 잎새마다 별들이 숨바꼭질하고 보름달이 휘영청 떠올랐다.

동굴

해맑은 하늘 아래 오월의 신록이 산자락을 타고 음계를 밟듯 여울진다. 나무들은 더욱 푸르고 아카시아 꽃잎들이 휘날리는 산속의 풍경에 젖어들며, 두 남녀는 코끼리 모양의 소형차에 오른다.

"청청공기가 피부로 스며드니 한결 마음이 가볍네요."

청조가 숨을 들이쉬며 의자에 등받이 한다.

"아무쪼록 이번 답사가 좋은 글감이 되길 바랍니다."

유가 자유기고가에게 위무를 안겨준다.

뒤에 앉은 남녀 고교생들도 휘파람 불며 저네들끼리 속삭인다.

"새삼 라스코 동굴 벽화라니?"

바람머리 남고생의 의문을 금발 여고생이 덧칠한다.

"알타미라 동굴은 얻다 두고?"

"그것들의 국적이 프랑스와 스페인 차이겠지만, 가치를 따져도 라스코 동굴 벽화가 크기도 하려니와 예술적으로도 우위잖아."

주걱턱 남고생이 예를 들며 바이올린을 켠다. 덩달아 나이가 가장 많은 맏형 남고생, 나이가 가장 어린 막내 여고생, 키가 훌쩍 큰 키다리 남고생, 뒤이어 바람머리와 금발도 바이올린 켜며 박자를 맞춘다. 그들 일행은 가끔 유와 어울러 〈시민 위안의 축제〉 행사에 출연했다.

한불 수교 130주년을 기념하기 위한 정부의 친선 외교에 동참하기 위해, 경기도 광명시청 당국자들이 광명 동굴 앞에 복제 라스코 동굴 벽화 전시장을 마련했다던가.

"라스코 동굴을 소년이 발견했다던데, 그 풋풋함이 원시인들의 생태와 어울렸나 보죠?"

청조가 뒤돌아보며 고교생들을 향해 눈웃음친다. 때맞춰 왼쪽 잠바 포켓 안에서 은밀한 목소리의 항의가 잇따른다.

누나, 내 눈동자가 더 해맑다니까.

아마존, 좀 가만히 있으래두. 들키면 넌 바로 지옥행이야.

주인의 서릿발에 앵무새의 우쭐거림이 멈춘다. 아마존은

청조의 애완용이면서도 경우에 따라선 상대에게 덤벼들어 노처녀의 보디가드 역을 충실히 행한다.

그런 사실도 모르는 양 유가 무릎 위에 얹힌 기타를 어루만진다.

"아무래도 어른들의 시야는 해맑지 못할 테니."

유와 청조는 18세 소년 마르셀이 집을 떠난 애완견을 찾기 위해 산속을 헤매면서 라스코 동굴을 발견해 친구들과 스승에게 알리고, 그에 따라 세상에 알려졌다는 내용을 새김질한다.

"그리고 보니 쟤들이 마르셀 또래들이라 이렇듯 코끼리차에 동승한 것도 예사 조짐이 아니군요."

청조의 속삭임에 유가 기타 줄을 튕긴다.

"아버님 묘소 참배 때 쟤들의 기예들이 영혼을 끌어 올리는 묘약이 될 테죠."

지난 초봄, 집 근처 목감천 둘레를 돌며 유가 청조에게 제의했다. 아버님 묘소 참배 때 동행해 주겠느냐구. 청조는 망설였다. 가끔 만나 친애를 다진 사이래도 친부의 묘소 참배 운운은 예사 사이가 아니면 승낙할 수 없는 문제였다. 요즈음 한창 명소로 떠오른 광명 동굴이 바로 아버님 묘소이거든요. 하도 상대의 비감에 젖은 부탁이라 청조는 거절 못해 그러마고 약속 했던 것이다. 광명 거리 곳곳에 라스코 동궁 벽화가 그려진 플래카드가 나부껴 호기심 또한 일어, 그 내용을 기록하고 싶었다.

그들이 코끼리 차에서 내리자, 동굴을 품은 가학산이 뜬 구름을 인 채 가로막아 섰다. '폐광의 기적'이란 기치 아래 글로벌 문화관광 명소로 거듭나 작년에 유료화 개장 이후 일백만 넘은 관람자들이 드나들었다. 따라서 무직자들의 일터도 마련되어, 창조경제 모델이 되었다는 소문이 나돌았다. 그 소문에 힘입어 끼리끼리 몰려든 관람자들 앞에서 안내자들이 줄을 바로 서라는 외침이 이어진다.

광명 동굴 앞쪽에 마련된 라스코 복제 동굴 건물도 그들의 시선을 끈다.

"먼저 주인을 찾아뵙는 게 관람자의 도리 아니겠습니까."

유의 은유 표현에 청조도 화답한다.

"주인에게 외면당하면 타향살이도 힘들 테니."

"자유기고가의 우호적인 발언에 라스코 복제 동굴이 덜 외롭겠네."

동승했던 고교생들이 앞장서고 유와 청조도 뒤따라 광명

동굴 안으로 들어선다.

발길을 옮길 때마다 서늘한 기운이 피부로 스며들어 떨리기까지 한다.

"숨을 깊게 들이쉬십시오. 음이온이 나와 수복강령, 만세수를 누린다니까요."

해설사도 불혹 넘긴 노처녀이다.

그들은 황금색으로 채색된 〈황금길〉을 걷는다. 그 길 따라 줄줄이 이어진 장식용 장미 꽃송이마다 노랑 빨강 불을 밝혀, 광부들의 애환이 담긴 폐광이 살아 움직이는 듯하다.

─노다지를 찾아 이곳에 모인 그들의 꿈과 희망을 기억합니다.─

동굴 벽에 걸린 현판 글을 읽고 청조는 숙연해진다.

일제 때 강제 징용된 광부들이 금, 은, 동, 아연 등을 채굴했던 수도권 유일의 금속 광산인데, 시흥 광산으로 불리었다는 해설사의 설명이 이어진다. 더불어, 1912년 황금 노두를 처음 뚫기 전과 1972년 폐광될 때의 두 사진도 벽에 장치되었다.

동굴 중앙에는 일제 당시 광부들이 파낸 금과 은이 얼마나 많은 양이었으며, 광부들의 사진과 낙서가 전시 돼 청조는 눈여겨 살핀다. 하나같이 허약하고도 찌들은 표정들이다. 돈만이 최고다. / 고향 무정. / 울지 마라, 나는 취하련다. / 등의 낙서 또한 맥이 없다.

"일제 땐 이곳 광산에 모여든 광부들 거의 강제 징용 되었대요. 아버님은 해방 후에 자원해서 들어왔지만. 청진에서 어부 노릇 하다간 자식을 잘 키우지 못한다 싶어 노다지 인생길에 접어들었지만."

유의 목소리가 기어든다.

1947년 찍은 사진 한 장도 그 현판 옆에 걸렸다. 일제 당시 광부들보다는 덜해도 지친 표정은 여전하다.

"그 광부들 중에 저의 아버님이 계실까 싶어 유심히 살펴도 찾지 못했지요. 만일 존재했다 해도 유복자가 아버님 얼굴을 알 리 없지만."

유는 음유시인이다. 수틀리면 찌에 걸린 물고기마냥 폐부를 까발리는 독설에 질려 이웃들은 마주 대하지 못하고 피하기까지 한다. 이웃들이 시인을 유라 부르는 건 유복자에서 딴 유遺이기 때문이었다. 유복자는 이름에 유를 넣어야만 살풀이 된다던가.

그의 모친은 남편이 현지에서 굴을 파다 굴러 내린 돌덩이에 부딪혀 사망했다는 소식을 접하고 남하했다. 만삭의 몸으로. 하지만 도중에 6·25 전쟁이 일어나 목감천 둔덕에서 애를 낳고는 숨졌다. 다행히 동행했던 여동생에 의해 신생아의 목숨을 건졌지만. 목감천은 멱을 감기엔 안성맞춤이며 물맛이 단내가 난다고, 예부터 그리 불리었다.

다시금 아마존의 불평이 터진다.

아휴, 답답해. 누나 어깨 위에 앉으면 안 돼?

금세 임시 피난처에서 뛰쳐나올 듯하다.

쉿, 몽둥이 든 뿔난 도깨비들이 득실거리니, 요 주의.

청조는 봉을 든 안내원들에게 목례하며 지나친다.

유는 구순 노인 앞으로 다가가서 인사말을 나눈다.

"아저씨, 별고 없으시죠?"

"별고 있다간 누구처럼 이곳의 제물이 되게."

노인은 6·25 전쟁이 끝나자, 이곳에서 기계 수리공으로 근무했다. 유의 부친이 숨진 뒤의 일이었다. 지금은 특별 초청된 안내원으로 관람자들에게 그 당시 일화도 들려주고 후배 안내원들을 지도하는 걸 보람으로 여긴다. 곱상한 얼굴에 조용한 몸짓이 마음에 당겨 유는 친부인 양 따른다. 이모에게 들은 친부의 인상과 비슷해서였다. 가끔 식사 대접하기도 빵과 우유, 손수 구운 오징어를 선물한다. 오징어는 입이 궁금해 무어라도 씹어야만 힘을 얻는다는, 그게 나이 타지 않은 비결이라던 노인의 고백을 듣고 나서였다. 노인에 의하면 광명 동굴에서 캔 동과 아연은 전국에서 가장 많이 나와 우리나라 산업경제에 적잖은 도움을 주었다. 이 동굴이 폐광된 건 장마가 져 평지에 쌓아둔, 이곳에서 파낸 모래더미가 인근의 논과 밭에 스며들어 그걸 보상해 주는데 엄청 많은 경비가 들어서였다고 한다.

그들은 〈친환경 식물원〉 안으로 발길을 옮긴다. 동굴 지하 암반수를 이용해 꽃과 채소 등을 재배하는 곳이다.

오색찬란한 조명을 받으며 임시 마련된 풀밭의 야생초들이 싱싱하다. 수경 재배한 장뇌삼도 그렇다. 그것들이 어항 속 잔챙이들과 어울림이 조화를 이루어 음습하면서도 동굴 특유의 신비감마저 안겨준다. 어항에는 혈앵무, 모래무치, 납자루, 버들치 등 물고기들이 헤엄친다. 벽면에는 유리 칸막이 하여 풀꽃들과 씀바귀랑 상추들도 자란다. 지하 궁전이 따로 없다 싶을 정도로 매혹적이다.

그들은 벽이 구부러진 안으로 들어선다. 위에서 흘러내리는 황금폭포가 조명을 받아 무지갯빛으로 아롱진다. 촬촬 흘러내림이 귀청을 시원케 한다. 그 앞에 선 관람자들은 너도 나도 튀어나온 폭포수에 얼굴을 맡긴 채 폭소를 터뜨린다.

〈빛의 공간〉 팻말 뒤이어 네온사인의 빤짝거림도 무아지경으로 이끈다. 시야가 혼미해진 사이로 나뭇가지에 걸린 조각 두루미가 청조의 시야에 잡힌다.

철원은 새들의 천국이었다. 개똥지빠귀, 독수리, 종다리, 말똥가리, 고니, 딱따구리, 딱새, 청둥오리, 두루미 등, 많기도 하려니와 철새의 도래지였다. 아침에 일어나면 엄마는 새똥 치우기에 바쁘게 움직였다. 그곳 주민들은 창공을 나는 새들의 날갯짓을 사랑하듯 녀석들의 똥오줌도 사랑하는 걸 업으로 여겼다. 그 지방 조각가로 알려진 아빠는 솟대 만들기에 정성을 들였다. 솟대의 주인공은 두루미였다. 그 지방 전봇대 끄트머리에도, 웬만한 가게의 간판에도 두루미 조각들이 걸렸다. 그것들은 얼추 아빠의 작품이었다.

아빠는 대물림 받은 기와집을 헐고 이층양옥을 지었다. 일층은 생활의 장으로, 이층은 화가를 꿈꾸는 아들의 화실로 꾸몄다. 지하실은 아빠의 작업장이었다. 그들 부자의 외고집으로 이층도 지하실도 엄마와 청조에겐 금지 구역이었다. 일층도 안방과 거실, 부엌마저도 엄마의 일터였다. 그러므로 자신만의 공간을 즐기던 청조에겐 일층 건넌방의 보금 자리가 소외된 공간일 수밖에 없었다.

아빠는 하얀 빛이 좋아 두루미를 만드는 걸 평생의 업으로 삼았다. 이층 양옥도 하얗게 칠해 이웃들은 청조네 집을 '언덕 위의 하얀 양옥'이라 불렀다. 숲의 동산 그 양옥 뒤에는 여년묵은 느티나무가 우람했다. 청조는 그 나무에 올라 그네를 타기도 하고, 숲속으로 들고나는 새들과 벗하며 지냈다. 그 느티나무 둥치에는 까막딱따구리의 보금자리가 패여, 청조는 그 새가 낳은 알을 가슴에 품었다. 그 알이 부화해 깨여나는, 찬란한 탄생도 지켜보았다. 꼬무락거리는 새끼들에게 말을 걸며 쓰다듬기도 했다.

청조와 유는 〈황금패, 소망의 길〉로 접어든다. 풍요의 여신이 지닌 황금 국화를 만지면 부와 행복이 옵니다, 라는 선전 문구가 그들의 시선을 끈다. 동굴 입구 간이 판매대에서 산 황금 부적은 동그라미, 네모, 복주머니 모양이다. 고교생들은 저마다 소원 담은 글을 써서 황금 국화 아래 줄에 그 부적을 매단다.

청조는 금발에게 묻는다.

"내용은?"

"집 나간 남동생이 귀가하도록 도와주세요."

"왜 남동생이 가출했지?"

"아빠가 바람 피워 태어난 동생이라 엄마에겐 미운 털이 었죠."

금발은 한국인 아빠랑 미국인 엄마 사이에 태어난 혼혈 아이다.

"저희 부모는 버지니아주립대학교 시절 동아리로 만나 서로 사랑해 결혼했지만, 의견이 맞지 않아 잘도 다투거든 요. 그 틈새에 아빠가 한국인 여자랑 정을 통해 동생이 태어 난 거죠."

"동생을 사랑했구나."

"그럼요. 이 세상에 나랑 같은 피붙이가 존재한다는 게 넘 좋았거든요. 시각의 차이란 게 무섭더라구요. 난 동생의 눈동자에서 아빠를 빼다 닮은 나랑 동질인 유전인자를 발견 했지만, 엄마에겐 연적의 눈동자로 비쳤으니."

나도 엄마에겐 그리 비쳤을까. 청조는 욱해 오는 감정을 자제하며 숨을 고른다.

청조 아빠는 여고를 갓 졸업한 소녀를 사랑해 애를 배게 했다. 그 소녀는 산파가 핏덩이 탯줄을 끊자마자 숨졌다. 조각가는 순정의 소녀를 형상화한 두루미 솟대 만들기에 열정을 쏟았다. 집마저 하얀 칠을 해 그 소녀를 기렸다. 아빠가 지하로 숨어들어 진혼곡을 불태웠다면, 엄마는 울안에 갇힌 새가 되어 가슴앓이로 세월을 낚았는지도 모른다.

이복 여동생에 대한 오빠의 시선도 달가운 게 아니었다. 이웃들은 그들 남매를 조각가랑 닮았다지만, 오빠는 청조를 아빠 동거녀를 닮은 양 마주치는 것조차 용납하지 않았다. 박대는 화를 충동질 하지만, 외면은 상대를 미치게 하는 화의 근원이었다. 청조도 그들 모자를 대하기 싫어 피하곤 했다. 집안 분위기는 냉랭함의 연속이었다.

유도 청조도 복주머니 행운의 부적에 메시지를 띄운다.

'송광현 선생의 명복을 빕니다. 불초 송유 아룀.'

청조는 유가 송 씨임을 그제야 알게 된다.

'솟대야 솟아올라라. 하늘나라 천사가 되게. 불초녀 이나미 드림.'

시인의 이마에 돋은 의문 부호를 자유기고가가 밝힌다.

"청조는 필명이거든요."

생모가 하얀 새 두루미라면 그녀 딸은 파랑새라고, 그건 나를 지탱하는 윤활유라고 청조는 되뇌곤 했다.

자신이 자유기고가가 된 것도 모 일간지에 〈새〉를 주제로 한 글에 응모했더니, 당선 되어서였다. 아빠가 두루미 솟대를 만드는 과정과 생모와의 얽힌 로맨스 내용을 담은 글이었다. 그에 힘입어 철원의 명소 땅굴을 취재해 분단의 아픔을 기록한 게 모 월간지에 실렸다.

청조가 그 땅굴을 처음 견학한 건 열 살 때였다. 담임선생의 인도를 받으며. 학우들과 하이모 쓰고 땅굴 안으로 들어서자, 으스스 떨렸다. 그 안의 냉기와 천정에서 떨어지는 물방울의 서늘함, 그 보다도 인민군들이 총칼 들고 나타날 것 같은 무섬증이었다. 그런 사례가 있은 뒤였다. 모 화장품 월간 자보에 〈풀꽃〉을 연재해 웬만큼 자유기고가로서의 문명을 얻었다 할지. 고향 동산에는 금낭화, 비비추, 자주괴불주머니, 얼레지, 며느리밑씻개 등 풀꽃들이 지천으로 피어 그게 좋은 글감이 되었다.

유와 청조가 그곳을 지나자, 벽에 걸린 다른 내용의 현판이 그들의 시선을 사로잡는다.

－그들의 가슴에 남긴 흔적을 기억합니다.－

흙덩이를 부수고 그 사이에 사다리를 걸치고 오르락내리락하던 광부들의 모습도 있어, 청조는 가슴이 찡해진다.

"저 벽에 전시된 낙서 중에서 아버님의 친필을 가려내긴
했지만."

유가 그 벽을 손짓한다.

그들이 발길을 멈춘 옆의 벽에는 유리로 칸막이 한 곳에
광부들의 낙서가 진열되었다. 고향 그리워. / 지겨우도 지
겨운 여기를 운제 벗어날꼬. / 보고퍼다, 자식들과 아내여!
/ 가슴까지 저미는 그런 낙서 중에서 유독 한 구절이 청조의
눈에 잡힌다.

"아내가 아기 낳을 여름이면 청진으로 돌아가야지, 인가
보죠?"

"어머님이 숨질 때 품속에 품은 아버님의 편지에도 그 내
용이 들었거든요. 진짜 아버님의 친필인지 확인하기 위해
저 낙서 사진을 찍어 전문가에게 편지랑 감정했더니, 아버
님의 친필이 맞다 하더군."

"혈맥은 거리도 시간도 초월한다더니, 아버님의 혼백이
시퍼렇게 살아 계셔 선생님을 예까지 이끌었으므로 다행 아
네요? 육이오 전란 중에 숨진 영혼들이 정착하지 못하고 떠
돌아다닌 예가 수두룩하잖습니까. 저 고귀한 아버님의 친필
은 영원히 광명 동굴의 산역사로 자리 잡을 테니."

상대의 위로도 격한 마음을 다잡지 못해 유의 발걸음이 휘청거린다. 그들 일행이 발길을 옮길 때마다 현판들이 속속 들어난다.

—어둠을 이겨내고 숨 가쁘게 오르내리던 그들의 발자국을 기억합니다.—

흙덩이를 부수고 그 사이에 나무 사다리를 걸친 채 땅굴을 파던 광부들의 모습들도 떠올라, 청조는 코가 매워 컹컹거린다.

"동굴이 깊고도 길어, 광명 시청 관계자들이 재정비해 '예술의 전당'으로 꾸몄지요. 음악회도 열고 연극도 공연하며 새로운 관광 명소로 거듭나게 되었죠."

유의 설명이 허허롭다.

그 공연장에는 〈서귀포 어린이들 초청 환영회〉란 플래카드가 걸렸다. 사십 명 됨직한 서귀포 어린이들이 줄을 지어서서 합창한다. 바이올린 연주자들은 코끼리 차에서 합석한 동행인들이라, 청조는 한껏 분위기에 젖어든다. 애국가 뒤이어 동요로 분위기를 띄우던 어린이들의 합창이 끝나자, 유가 기타 켜며 노래 부른다. 고교생들은 박자로, 관람자들은 후렴으로 흥을 돋운다.

폐광의 기적은 문화 관광 명소로 거듭나고
수없이 찍힌 발자국에 광부들의 넋이 생생히
피어오르네.
고기잡이로 입에 풀칠이 어려워
노다지에 열정을 쏟았지만
그 꿈은 타타탁 망치질에 사라져 버렸네.
이곳이 당신의 묘지가 되어
유복자는 부친의 넋을 기리며
눈물 흘리네.

유의 통곡이 그 층계마다 음표로 새기며 흐르는 듯하다.

형, 그만 울어. 나도 괜히 눈물 난다니까.

아마존의 위안이 유에게도 전달되었는지, 시인이 허허허 웃는다.

인석이 기특하긴.

유와 청조가 처음 만난 것도 목감천 둔덕에서였다. 그날도 청조는 하릴없이 그 시내의 징검돌다리를 건너기도, 안면지기에게 부탁해 자전거를 빌려 타기도 하며 시간을 보냈다. 왼쪽 어깨 위에서 동동거리던 아마존이 곁으로 지나치던 시인의 오른쪽 어깨 위로 날아가서 나래를 접었다. 빨강

꼬리털과 천연색의 속 털을 지닌, 주둥이는 검고 코 주위가 흰색과 청록색 털을 지닌 수놈이었다.

형 형 형, 오늘도 참 좋은 날이군요.

변성기마냥 탁음의 환영사에 시인은 놀라지도 않고 앵무새를 가슴에 품었다.

어떻게 처음 뵌 분에게 인사하며 형이라고 부르니?

보디가드에게 의문을 발하며, 청조는 유를 노려보았다.

떠돌이에겐 새들이 동무라 놈들과 곧잘 대화를 나누거든요. 일테면 전자 파동을 지녔달까. 근데 왜 표정이 막 돼 먹은 거죠?

나의 애완용이 타인에게 지나친 친절을 베푸는 건 심히 자존심 상하는 일 아네요?

자존심도 자존심 나름이지, 그건 야망에 찌든 노처녀의 고약한 심보인 걸 어쩌노.

시인이 아마존 털을 어루만지며 비아냥거렸다. 그런 예가 서너 번 있은 뒤, 청조는 시인에 대한 적의를 떨쳐버렸다. 자신도 홀로인데, 한참이나 연상 독거남의 독설이 외로움의 살풀이란 걸 이해하게 되었달까.

아마존이 청조의 보디가드가 된 건 그녀가 서울 강남에

서 경기도 광명시로 이사 온 날이었다. 전 주인 할머니는 손주가 컴퓨터 수리공이다. 스웨덴으로 발령받아 떠나 녀석이 외톨이가 되었다. 손주가 말을 더듬어 타인과의 대화 기피 중에 시달렸다. 녀석과 날마다 말을 주고받더니 이젠 그 버릇에서 벗어나 직장에서 근무하게 되었으니, 거두어 달라고 사정했다. 청조는 유년 시절이 기억나서 쾌히 승낙했지만, 한동안 앵무새가 바뀐 주인에 대한 거부 반응으로 애를 태웠다. 그래도 달포쯤 지나자, 고분고분 따라 청조는 나들이 할 때도 지니고 다녔다.

청조의 이웃에 사는 남정네가 그녀에게 눈독 들였다. 무당의 보디가드인데 예전의 권투선수였다. 저물녘, 보디가드가 목감천 둔덕 갈대숲에 드러누운 청조를 덮치려는 순간, 아마존이 그 남정네의 어깨를 깨물어 위기에서 벗어났다. 그 소문은 삽시에 퍼졌다. 이웃들은 청조에게 접근하기를 꺼렸다.

그들은 '불로장생' 나무 층계 따라 아래로 내려간다. 정확히 70층계다. 1층계마다 4초의 생명을 연장해 준다고 팻말에 쓰였다. 모름지기 걷기 운동이 건강에 유익을 준다는 사례일 것이다. 그 중간쯤에 있는 〈황금궁전〉으로 고교생들이 몰려들어 스마트폰으로 사진을 찍는다. 황금망치 들고 다니며 돌멩이를 황금으로 바꾼다는 아이샤 동상을 향해. 아이샤 동상 옆에는 금을 보관하는 보물상자가 마련되었다.

"넌 얼마를 투자 할래?"

맏형이 막내를 넌지시 바라본다.

보물상자를 향해 '쉭쉭 호이호이 이이샤' 주문을 외우고 동전을 던지면, 황금이 굴러온다는 전설에서 유래된 체험 놀이다.

"일 원, 오빠는?"

막내가 일 원짜리 동전을 던지자, 맏형이 천 원 지폐를 그곳에 놓아둔다. 아깝잖우, 막내의 반응에 맏형이 인심 좋게 나온다. 너캉 내캉 양분하면 오백 원이잖아. 덩달아 고교생들의 동전 던지는 소리가 낭하를 울린다.

내친김에 청조도 천 원 지폐를, 유는 일만 원 지폐를 놓아둔다.

"낭비 아네요?"

청조가 의문을 토한다. 일정한 수입 없이 연회석에 불러 다녀 기타 치며 노래 부르고, 외국인들에게 영어 통역하며 돈냥이나 받는 신세치곤 과한 지출이다.

"아버님 묘지 참배잖우. 수익금은 청소년 장학금으로 사용한다는데."

보물상자 주위에는 동전들과 지폐들이 수북하게 쌓였다.

그들 일행이 층계 따라 아래로 내려간다.

"저건 또 뭐야?"

주걱턱의 놀람 뒤이어 고교생들의 탄성이 터진다.

"귀신 아냐?"

누군가의 외침이 이어진다. 곧바로 〈귀신의 집〉에서 머리를 풀어헤친 마귀할멈이 뛰쳐나와 고교생들이 헉헉거리며 뒤로 물러선다.

마지막 70 층계 아래엔 멀찍이 지하호수가 내려다보인다. 광부들이 땀을 씻기도 하고, 호수 둔덕은 그들의 쉼터였다고 해설사의 귀띔이 뒤따른다. 차가운 공기로 청조의 몸은 더욱 굳어진다. 나무 층계는 유턴이라 오르막 층계 중간쯤에 이르렀을 때였다. 삼킬 듯이 내려다보는 동상과 눈이 마주친 유치원생 여아가 훌쩍거리며 엄마 품속으로 파고든다.

"동굴 제왕이죠. 여러분, 〈반지의 제왕〉 영화를 보셨지요? 그걸 제작한 뉴질랜드 웨타워크숍 관계자들이 만든 국내 최대의 용이랍니다."

해설사의 설명이 뒤따른다.

한 무리 외국인들이 용 동상 앞에서 기념사진을 찍는다. 그들 곁에서 남자 통역원이 유와 청조를 보고는 손짓으로 이끈다.

"뉴질랜드 웰링턴의 브라운 시장입니다."

통역원의 소개로 유와 청조는 브라운 시장과 서로 명함을 주고 받고는 악수를 나눈다. 통역원이 유는 시인이고 청조는 자유기고가라고 소개하자, 브라운 시장의 삼 시울 진눈동자가 더욱 둥긋해진다.

광명 동굴의 테마 파크 성공 사례에 힘입어, 파리 시장의 초청으로 광명 시장이 파리로 가서 특강한 게 전파를 타고 전 세계인들에게 알려졌다. 그에 덩달아 광명 시청 관계자들이 〈국제판타지 공모전〉을 개최했다. 덕분에 뉴질랜드 대학생들과 대한민국 대학생들과의 교류를 위해, 웰링턴 시장이 예까지 오게 되었던 것이다.

브라운 시장이 용을 손짓한다.

"우리 뉴질랜드 장인들이 만든 건데 마음에 듭니까?"

"〈반지의 제왕〉 명화만큼이나 감동 주는 명품입니다."

유가 영어로 등을 띄우자, 분위기가 한결 부드럽다.

"미인 시장님과 랑데부 하고 싶어라."

바람머리가 영어로 시를 읊조리며 브라운 시장과 팔짱 끼자, 고교생들이 몰려든다.

동굴 북쪽 광장에는 광부들이 사용한 도구들이 진열되어 관람자들 너도나도 그것들을 들어다본다.

ㅡ수많은 기계들과 쉼 없이 일하던 그들의 일터를 기억합니다. ㅡ

현판과 함께 목수레와 광부들이 쉽게 광석을 운반하기 위해 만든 조구통, 레일을 따라 움직이는 광차, 기름통, 쓰레받기, 간드레, 여과기, 고정못, 온도계, 괭이 등 기구들이 놓여 관람자들이 모여든다. 일경들에게 회초리 맞으며 착암기로 채굴하던 광부들의 모습을 재연한 곳에선 고교생들이 스마트폰으로 사진 찍고는 그 장면들을 들여다본다.

안내원들은 육순 넘긴 노인들도 눈에 띈다. 조명 받은 푸르스름한 그녀들의 모습이 신산해 보인다. 그런 극한 상황은 그 광산의 봉우리와 밑바닥까지 뚫렸는지 아슬아슬하게 위아래로 치솟은 굴을 보고, 청조는 그런 느낌에 휘말려 바짝 정신을 차린다. 자신에게도 육순이 빛처럼 당도하리란 우려였다.

딱히 독신을 고집한 것도 아니었다. 처음 사십 대에 이르러선 주위에 미혼녀들이 더러 있어 위안을 받았다. 오순을 코앞에 두자, 청조는 두려웠다. 지기들이 결혼해 혼자 독신녀로 남았다. 월경이 멈추면 석녀가 되기 마련이었다. 그녀가 남자 기피증에 걸린 건 생모의 죽음이었다. 자신이 살인자란 죄의식을 떨칠 수 없었다. 아빠에 대한 부성애는 그 어떤 혐오증도 일지 않았다. 다만 남자들이 곁에 오는 게 싫어 구혼자들을 물리치곤 했다.

작년 가을, 고모가 세상을 떴다. 버팀목을 잃은 슬픔에 겨워 청조는 성산에 올라 기도굴로 들어갔다. 가끔 고모 따라 그곳에 들려 어려움을 전능자에게 호소하긴 해도 믿음이 신실한 건 아니었다. 기도굴 안에는 벽에 달린 십자가와 탁자, 방석 하나가 놓였다. 바닥에 돗자리 깔고 누우면 잠이 저절로 오고 온갖 잡념이 사라졌다. 여름에는 동굴 특유의 냉기가 서려 시원했다. 겨울엔 온방장치로 뜨뜻해 더욱 그랬다. 그날따라 왜 그리도 따분했을까. 기도굴에서 나와 그 옆 숲의 의자에 앉아 삼림욕을 쐬는데, 고모의 장례식에 도움 준 전도자가 다가왔다.

저 나무를 보실까요?

전도자가 가리킨 곳은 두 그루 소나무였다. 그곳을 여러 번 지나쳐도 소나무가 있다는 정도였지 아예 관심 끌지 못했는데.

부부 소나무죠. 서방님은 눈썹이 짙고 근육질인 데다 신수가 훤해 사회에서 공인받을 모범 가장처럼 보이죠. 아씨는 온유 단정하고 시부모님 잘 모시며 아랫것들도 잘 다스려 보이지 않습니까.

그러고 보니 꽤나 그럴싸한 표현이었다. 예사 소나무가 아닌, 잎은 부드럽고 위아래 옆으로 가지를 뻗치며 치솟은 게 기품이 서렸다.

저 소나무를 가까이서 쳐다보는 것만으로도 저는 복을 누리는 사람입니다. 보면 볼수록 새로운 멋을 제공해 주는 품성을 지녔달까. 사람이 살아가노라면 독처는 좋지 않은 거랍니다. 어느 조경박사님이 그러시길, 만일 저 소나무 두 그루가 외톨이였다면 저렇듯 보기 좋게 자라진 않을 거라더군요. 나무도 자웅이 있어 이웃에게 덕을 끼치잖습니까. 자매님 몸에선 외로움이란 독이 흘러 이웃에게 피해 주기 쉽거든요. 더 나이 먹기 전, 제게 국수 한 그릇을 대접하소서. 사람이 살아가노라면 터널을 통과해야 할 고난도 많고, 맨

홀에 빠진 실수도 범하기 쉽거든요. 그걸 뛰어넘기 위해선 남녀가 연합해 가정을 이루는 것도 좋은 예랍니다.

그날 청조는 자신의 나이 또래 그 전도자가 선지자인 양 경애감이 일었다.

동굴 깊이 들어가자, 막내가 양손으로 코막이 한다.

"냄새가 나잖아."

"생수 냄새?"

맏형이 콧김을 세게 내뿜는다.

동굴 아래 벽을 타고 생수가 졸졸졸 흐른다. 그 생수가 광부들의 식수였다고 팻말에 쓰였다.

"아니, 비릿한 냄새인 걸."

냄새를 가려내는 건 남자보다도 여자가 생리적으로 가깝 다던가.

안내원들의 손짓에 따라 동굴 깊이 들어갈수록 냉기는 가슴까지 파고들고 기이한 냄새가 코끝을 스친다.

─동굴의 길이만큼이나 잘 숙성된 새우젓 냄새를 기억합 니다.─

유가 그 현판을 손짓하며 덧붙인다. 지금은 없어졌지만 광산이 폐광되자, 그냥 두기엔 무엇해 새우젓을 보관하니 희한하게 참쌀궁합이었다고.

동굴 내부의 새우젓 저장 모습을 담은 사진도 벽에 걸렸다. 노란 비옷을 걸치고 검정 장화를 신은 일꾼들이 그들의 어깨를 웃돌 거대한 새우통을 운반하던 모습의 사진들도.

"젓국 냄새가 쉬이 사라질 리 없지만 괜찮은데요, 땅김과 시원의 바람이 그까짓 걸 못 쫓아낼까 봐 그러시나."

청조는 사나이의 눈물을 보지도 듣지도 못했다. 그래선지 유의 피울음이 자신의 애곡인 양 가슴을 저몄다.

"우리 저기 가서 축배 들까요?"

유가 와인 병들이 전시된 곳을 손짓한다.

"이만한 와인 저장 장소가 없게끔 희한하게 맞아떨어진 게죠. 적잖이 팔리기도 하니 창조 경제에 도움도 되고."

둥긋한 나무통들이 나열된 옆에서 그 시음장이 열렸다. 관람자들이 몰려든다.

와인의 역사는 8000여 년이다. 16개국에 150여 종이 전시 되었다. 프랑스, 이태리, 스페인, 독일, 포르투갈, 칠레, 미국 등의 제품이다, 라고 해설사가 설명한다.

유와 청조는 와인 잔을 치켜든다. 손아귀에 쥘만한 잔이다. 그걸 입술에 축이니 향긋함이 혀끝에서 녹아든다. 다시 왼쪽 잠바 포켓 안에서 꿈지럭거림이 인다. 청조는 은밀한 목소리로, 조금만 참아, 라고 달랜다. 그래도 금세 뛰쳐나올 것 같은 예감으로 청조는 남은 와인을 손가락으로 찍어 앵무새의 주둥이에 들이댄다. 누나, 감질나게 굴지 말고 좀 마셔보자구. 아마존의 호소에 청조는 와인 시음 책임자에게 한잔을 더 구해 마신 척하며 몰래 나머지를 보디가드의 주둥이에 갖다 댄다. 마셔봤자 한 모금 분량이지만. 입맛 다시는 아마존의 살가움이 손끝에 전해진다. 청조는 움직이지 말라고, 주의를 상기시킨다.

정말 파랑새는 있는 걸까. 자유기고가가 되어 이나미가 아닌 청조라고 불리게 되자, 자신의 필명에 대한 애정이 피어났다. 동시에 그 의문은 꼬리를 물고 이어졌다.

고향 동산에는 까투리, 까막딱따구리, 종다리도, 그 중에서 유난히 두루미들이 자주 날아들었다. 태풍이 몰아치던 날들이 계속되었다. 그 동산 인근 주민들은 보금자리 잃은 새들이 찢어대어 밤잠 설친다고, 약을 뿌려 놈들이 몰살당했다. 그 현장을 목격한 아이는 엄마의 농간도 농간이려니와 떼죽음 당한 새들의 시체에 짓눌려 고향을 등졌다. 티브이를 통해 남아메리카 밀림지대에 파랑새가 나는 걸 보고,

과연 파랑새가 이 세상에 존재하는 구나. 그 사실에 위안 받던 중에 앵무새와 동거하며, 진정 파랑새는 너라고, 아마존이라 불렀던 것이다.

─채굴의 역사에 마침표를 찍은 새 출발의 순간을 기억합니다.─

일꾼들이 갱도 밖으로 나와 만세 부르는 장면도 벽에 걸렸다. 아무래도 자의든 타의든 동굴 안의 작업은 구속이었을 테니.

─시민의 품에 안긴 역사적 순간을 기억합니다.─

2011년 10월, 예술의 전당에서 최초 동굴 음악회가 열린 사진도 그 옆에 걸렸다. 그리고 그날 특별 귀빈으로 초빙된 유의 기타 치는 모습도 그 사진 속에 담겼다.

"먼저 라스코 동굴이 있는 프랑스 남서부 몽티냐크 마을 전경을 살펴볼까요."

해설사가 옆벽에 설치된 티브이 화면에 시선을 집중한다. 관람자들의 순서대로 유와 청조는 이번에도 코끼리열차에 탔던 고교생들과 같은 조에 배정받았다.

"마을이 평화롭고도 신비해 보이지 않습니까. 숲으로 둘러싸인, 고풍의 집들 뒤엔 십자가 탑이 치솟은 교회가 보이죠. 마을 앞에는 잔디가 깔렸네요. 인류 문명이 강을 중심으로 발전되었듯이 그 지방 선사시대 사람들도 가까운 베제르 강을 낀 계곡에서 살았지요. 그 계곡은 선사 시대를 연구하는 데 중요한 유적지랍니다. 현생 인류 조상 '크로마뇽인' 두개골'이 발견된 레제지 마을, 풍요와 다산을 상징하는 조각 '로셀의 비너스'가 발견된 로셀 마을, '구석기 시대 피렌체'로 불리는 라스코 동굴에 이르기까지 수많은 선사시대 유물들이 발견된 보물창고랍니다."

해설사의 설명에 따라 그런 사례들이 속속 화면에 등장한다.

우리들이 이 복제 동굴을 답사하기 전, 먼저 알타미라 동굴에 대해서도 그냥 지나칠 순 없지요. 알타미라는 라스코와 가까운 스페인 북동부에 속한 지역이죠. 1879년 다섯 살소녀가 발견해, 그의 부친에 의해 세상에 알려졌답니다. '아이들은 어른의 아버지'란 시구가 있듯이 선사시대 유물들도 순백의 영혼을 지닌 자에게 열렸다는 걸 증명한 셈이랄지. 저 화면을 보십시오. 들소, 사슴, 멧돼지, 말이 보이죠? 그 동물들이 붉은색, 황토색, 검은색의 세 가지 색채 염료로 채색 되었잖아요. 말의 갈기와 털의 결 표현도 그렇지만, 벽의 울퉁불퉁한 표면을 이용해 그것들에게 양감이 일게끔 그린 탁월한 안목도 엿보입니다.

이어 해설사는 잠시 들숨을 내쉬곤 뒤를 잇는다.

라스코 동굴 벽화를 살펴보면, 무리 지은 황소와 말들이 그려졌잖습니까. 그 다음 뿔이 돋은 사슴 다섯 마리들은 마치 강을 헤엄치며 건너는 듯한 착시현상을 일으킵니다. 게다가 울퉁불퉁한 바위 겉면을 이용한 탁월한 구상도 엿보입니다. 여러분들도 아시다시피 황소, 들소, 사슴, 노루, 산양, 매머드, 말, 코뿔소 등은 초식 동물입니다. 그것들은 수렵 생활하던 인간에겐 생명을 유지하는 데 없어선 안 될 중요한 양식이었지요. 그리하여 선사시대 사람들은 자신이 잡아야 할 동물들을 동굴 벽에 그려 놓고 그것들을 잡겠다는 확신을 지녔을 겁니다. ……

해설사가 설명을 멈춘 건 키다리가 오른손을 번쩍 들어서였다.

"단순히 먹고 싶은 욕구로 그렸다고 보기엔 벽화의 그림들이 명화에 견줄만한 거거든요. 그이들 중에 그리기를 잘하는 분들이 기량을 뽐내기 위해서가 아닐까요?"

"나만의 동굴로 숨어들어 비밀스레 그리기에 혼신을 불태웠는지도 모르잖습니까?"

막내의 의견 뒤이어 맏형의 의문도 터진다.

"역사란 수수께끼요 오리무중으로 남아야만 후세인들의 연구 과제가 될 테죠."

탄성이 터짐과 동시에 휘파람이 실내로 울러 퍼진다.

다시 해설사의 설명이 이어진다.

라스코 동굴과 알타미라 동굴이 있는 곳도 나지막한 바위산입니다. 두 동굴에 그려진 주된 동물은 들소입니다. 하지만 알타미라 동굴 벽화의 '상처 입은 들소'는 사실적이고도 섬세하고 정적입니다. 라스코 동굴 벽화는 생동감이 일고 역동적인 느낌을 줍니다. 아무래도 갈퀴를 휘날리며 질주하는 군마의 역동적인 모습들이 대표적인 예라 할까요. 시기적으로 보면 알타미라 동굴 벽화가 라스코 동굴 벽화보다 2000년이나 3000년쯤 앞서 그려진 벽화로 추정되지요.

해설사가 설명을 멈추고 주위를 빙 둘러본다. 그 틈을 타서 바람머리가 질문한다.

"라스코 동굴이 폐쇄 되어 관람이 불가능하다던데?"

"유감스럽게도 그건 사실입니다."

1945년부터 그 동굴이 일반에게 공개 돼 수십만 사람들이 몰려들었습니다. 그 후유증으로 생생한 색채가 바래고 녹색 곰팡이가 번졌지요. 도리 없이 1963년 그 당시 안드레 말로 문화부장관이 강력히 주장해 폐쇄 되었죠. 그러자 그걸 못 본 분들의 항의가 빗발쳤거든요. 1983년 라스코 동굴에서 가까운 곳에 똑같은 모양의 복제 동굴이 만들어졌답니다. 제가 소르본대학에서 고고미술학과를 전공할 당시 관람한 곳도 복제 동굴이었지요.

이번에는 주걱턱이 손을 든다.

"왜 수천 년이나 이어온 그 명소가 변질되었을까요?"

"얜, 인간들에게 풍겨 나온 액취가 좀 더럽겠어. 공기 오염의 주범이 인간들인 걸 몰라서 그러실까."

금발이 도리질한다. 관람자들이 드나들어 실내 공기가 탁해 양손으로 부채바람을 일으키며.

사람들이 내뿜은 입김과 전기 조명이 세균과 곰팡이, 이끼마저 끼게 했으니 벽화가 훼손될 수밖에요. 그 벽화 관리자들은 항생제를 사용하고 실내 공기와 습도를 일정하게 유지 했지만 효과가 없었고요. 결국 프랑스 정부 관계자들은 일반 관람자들의 출입을 금지하는 담화문을 발표하고, 동굴

출입문을 폐쇄해 버렸답니다. 자아, 그럼 벽화를 살펴볼까요? 저건 붉은 황소와 중국 말 그림이고요. 중국 말이 등장하는 건, 2만 년 전 대륙 이동으로 그곳에서 동양으로 왔지 않았을까 싶습니다. 다음 장면은 어린 말들 위로 뛰어오르는 커다란 황소 그림에서 역동성이 느껴집니다. 또 여러 종류의 동물이 복합적으로 그려진 건 몇 천 년에 걸쳐 한 벽면에 여러 사람들이 여러 번 그려진 것으로 보인다는 고고학자들의 주장도 있지요. 해설사가 잠시 뜸 들이는 동안, 만형이 질문한다.

"저 벽화들은 단순히 원초적인 욕구의 표현인지, 아니면 신성한 목적으로 그렸을까요?"

"다음 화면을 보실까. 배가 터진 들소와 누워 있는 사람, 기둥에 새를 매달아 놓은 것이 보이죠? 저건 주술적인 의식을 담았다는 고고학자들의 견해가 지배적이랍니다."

그 벽화를 보고 청조는 충격에 휩싸인다. 배가 터진 들소는 신에 바쳐진 제물일까. 누워 있는 사람도 제물에 바쳐 숨진 것일까. 사람 얼굴이 새 모양인 건, 죽으면 새가 되고 싶다는 염원이었을까. 하늘을 훨훨 나는 자유로운 새를 갈망했는지도 모르지. 손가락은 네 개잖아. 사람 옆에는 창과 투

창기가 놓여 저이가 사냥꾼이란 주장도 있다던데. 손가락 하나는 맹수에게 물린 걸까. 저이 옆에 막대기 같은 기둥 위의 새는 또 뭔지. 저 새는 아빠가 만든 솟대와 닮았거든. 솟대도 그러려니와 왠지 누워 있는 사람도 자신인 양 여겨지는 건 또 뭘까.

유년 시절, 청조는 틈만 나면 크레용과 물감을 지니고는 집 뒤 동산 바위굴 안으로 숨어들었다. 너비가 자신의 키 두 배 됨직한 굴이었다. 처음 크레용으로 돌에 무늬를 새긴 건 동무들과 땅뺏기놀이 할 때 돌에 해와 별을 그려 그 돌들을 채색한 것들이었다. 그게 버릇되어 아이는 손에 잡히는 돌이나 나무토막에 무얼 그리거나 색칠하는 걸 즐겼다. 딸이 바위굴 안으로 숨어들어 그 벽에 풀잎, 꽃, 나비, 잠자리 등을 그려 장식한 걸 보고, 아빠가 타일렀다. 내력은 어쩔 수 없구나. 그렇지만 여긴 위험한 곳이란다. 종종 멧돼지가 나타나 밟히든지 뱀에게 물릴 수도 있거든.

아이가 열두 살 되던 가을, 아빠가 뇌졸중으로 숨졌다. 바위굴은 청조의 작업장이 되었다. 그곳에서 나무토막으로 두루미 솟대를 만들거나 벽에 그림을 그리기도 하며 잠들곤 했다. 꿈이었을까. 야밤에 굴 안이 밝아지며 시커먼 그림자가 들이닥친 감을 잡은 순간, 아이가 까무러쳤다 깨어난 건 사흘 뒤 병원에서였다. 알고 보니 곰의 습격을 받은 게 아니라 등을 들고 굴 안으로 들이닥친 엄마와 오빠에게 지레 겁을 먹고 까무러쳤던 것이다. 엄마는 아이가 품에 지닌 솟대를 망가트려 휴지통에 버렸다. 하잘 것 없는 고질병 버릇을 자식에게까지 대물림 하다니. 엄마는 그 굴을 불사르고는 거북한 혹을 서울에 사는 시누에게 맡겼다. 남편도 자식도 없이 홀로 된 고모 슬하에서 자라며 청조는 종종 아빠가 숨질 때도 두루미 솟대를 가슴에 품은 걸 기억하곤 했다.

다시금 고교생들의 질문과 해설사의 답이 이어진다.

벽화 옆에 인간 조각상들이 보이는데요?

크로마뇽인들이죠. 베제르 계곡에서는 라스코 동굴을 제외하고도 여러 동굴에서 벽화가 발견되었어요. 그중 크로마뇽 동굴의 암벽 사이에서 사람들의 두개골과 뼈가 발견되어 그것들을 고고학자들이 조사한 결과 그들이 유럽인의 조상임을 확신했지요. 살았던 시기는 3만 5000에서 1만 년 전으로 추정됩니다. 그들은 불을 사용하여 음식을 익혀 먹었고, 사냥과 주술적인 의식을 행했던 것으로 밝혀졌습니다. 알타미라 동굴 벽화도 그들이 그린 것으로 추정되고, 크로마뇽인이란 이름도 두개골과 뼈가 발견된 동굴의 이름에서 유래된 것입니다.

흔히 현생 인류의 조상이라고 일컫던 크로마뇽인들의 존함이 동굴의 이름이었다니, 그 동굴이 세세토록 영광을 누리겠네요.

삶이란 무겁고도 고된 행진이지만 때때로 아주 단순하면서도 아무렇지 않은 곳에서 진짜백이 알곡을 거두는 예가 더러 있거든요. 그게 삶의 묘미이며 인간의 복락이지 않겠습니까.

여기 안내서에 실린 대머리 아저씨는?

빛의 마술사로 불리는, 현대 건축의 거장 장 누벨 씨입니다. 21세기 초 첨단 기술로 구석기 시대의 보고를 완벽하게 재현한, 여기 라스코 복제 동굴을 건축한 것만 보더라도 그분의 기예를 충분히 엿볼 수 있지요.

해설사는 다시금 목에 힘을 실었다.

그 밖에 라스코 동굴이 발견된 과정과 그 당시의 현장 소개를 알리는 사진들도 화면에 등장했고요. 그것들의 진가를 알리는 학자들이 인터뷰한 내용들과 그걸 복원했던 화가들의 진술도 그렇습니다. 크로마뇽인들이 사용했던 복제 도구들도 진열되어, 한결 갈증을 상쾌하게 풀어 주지 않습니까.

여전히 가학산의 봉우리 위로 뜬구름이 흐르고 날씨도 한여름처럼 무덥다. 유와 청조는 그 산자락을 타고 올라 어느 묘지 앞에 선다. 둥긋한 묘지 앞에 핀 영산홍이 붉게 타오르며 그들을 영접한다.

"저 영산홍은 어머님의 넋일 겁니다. 그 넋이 저 동굴에 파묻힌 낭군의 넋을 불러들일 테니까요. 아니죠. 이미 낭군과 못다 푼 정을 쏟을 지도 모릅니다."

그 묘지는 유의 이모가 언니의 시체를 목감천 둔덕에 파묻었던 걸, 6·25가 끝난 뒤 그 자리에 다시 묻었다.

"참, 아마존은? 녀석이 참을성도 많긴."

이미 청조의 어깨에서 동동거릴 아마존을 보지 못해 유가 안부를 묻는다.

"자취를 감추었죠, 유토피아를 찾아서."

청조가 하늘을 우러른다.

해설사의 설명이 끝나, 그들 일행이 라스코 복제 동굴 안으로 들어가서 여러 곳을 지나 코뿔소 벽화를 감상하고 있을 때였다. 덩치 큰 고교생들에 가려 그 벽화를 볼 수 없어 청조는 그 건너편 벽화 옆에 전시된 크로마뇽인들 동상에게로 다가갔다. 창을 든 남편과 어느 곳을 가리키는 아내도, 엄마랑 아들이 무얼 향해 바라보는 동상도 있는데, 그들은 순록 가죽옷을 걸친 채였다. 그런 감을 잡은 순간 실내 전등이 꺼졌다. 깜깜한 동굴 안에서 감상하는 것처럼 관람자들이 자세히 보기 위해 그런 장치도 마련되었던 것이다.

때를 같이 하여 아마존의 고별사가 들렸다.

누나, 잃어버린 동무를 만났단 말이야. 그동안 고마웠어, 안녕.

아마존이 왼쪽 잠바 포켓에서 튀어나와 아들 동상에게 입 맞추곤 열린 북쪽 문으로 날아가 버렸다. 그 순간 청조는 그 날아간 새가 앵무새가 아닌 크로마뇽인이란 환각에 젖어들었다.

"우주 순환 원칙에 따라, 아마존도 선사시대로 돌아가서 안락을 누리지 않겠습니까."

청조의 목소리가 떨려나온다.

날이 갈수록 아마존과 더불어 살아가기가 버거웠다. 먹이를 구하며 보살피는 것도, 앵무새 때문에 이웃들과 거리가 멀어지는 것도 불편했다. 아니, 그 보다도 앵무새에게 자유를 안겨 주고 싶었다. 아마존이 점점 신경질적으로 변하는 것도 짝을 그리워해서일 거라 싶었다. 그런 연유는 그녀가 사는 빌라 지하에서 암고양이가 새끼 다섯 마리를 낳아 어미가 새끼들을 보호하는 걸 보고서였다. 고양이 가족에게 찐 생선 토막을 갖다 주던 순간, 갑자기 아랫배에서 통증이 일었다. 자신도 아이를 낳아 기르고 싶었다. 고모가 빈자리를 아마존이 어느 정도 메워주긴 했지만 사람이 그리웠다. 진정 더불어 오순도순 살아갈 남정네가.

"주인의 심정을 헤아린 아마존이 선수 친 게죠. 아니었다면 제가 이 산에 올라 날려 보냈을지도 모르지요"

청조는 무거운 짐을 벗은 듯 홀가분하면서도 무언가 잊어버렸다는 상실감에 허우적거리더니, 단안을 내린다.

"우리의 삶도 나만이 누릴 동굴 속으로 들어가는 외골수들이 있는가 하면, 누군가의 덫에 의해 동굴 속에 갇혀 암울한 날들을 보내는 빛바랜 이들도 있겠지요. 아니면 여럿이 동참할 동굴 밖의 세계에서 더불어 사는 선한 사람들도 있지 않겠습니까."

유도 하늘을 우러른다.

"그러고 보면 남의 잘못을 까발리던 나의 고질병도 저 뜬

구름에 흘러 보내고 좀은 착해져야겠네.”

뜬구름 사이로 햇빛이 환히 드러난다. 저만치서 상수리 나뭇잎들이 햇빛에 빤짝거린다.

“내 주 토요일엔 고향집을 방문할까 해요.”

화가를 꿈꾸던 청조 오빠는 그 꿈을 접고 부친의 유업을 이어받아 두루미 솟대 만들기에 정성을 쏟았다. 조카도 그러하여 그들 집안은 삼대 째 그 가업을 이어오는 셈이었다. 의모가 세상을 뜰 무렵, 청조는 고모랑 고향집을 방문했다. 그 뒤, 종종 오빠랑 서로 전화와 편지로 안부를 주고받는 사이가 되었다.

우리 동네 주민들이 우리집 동산에 아버님 동상을 세운다더라. 나도 동산을 어린이들 자연 학습장으로 꾸몄더니 썩 좋은 쉼터가 되었다. 방치 되었던 바위굴을 재정비하자, 네가 그렸던 풀잎, 꽃, 나비, 잠자리가 살아 움직이는 듯하구나. 아버님 동상 제막식 날에 친히 와서 감상하려무나.

오빠 편지를 받고 청조는 되뇌었다.

신석기 동굴 벽화가 존재한다면 현대 동굴 벽화도 시퍼렇게 살아 숨 쉬는 거거든.

“아무튼 지하 궁전의 다양한 탐험은 자유기고가의 최대

걸작으로 평가 받겠는데요."

　그들은 나란히 상수리나무 아래로 걸어간다.

　*라스코 동굴 벽화, 알타미라 동굴 벽화 설명. -『라스코』(경기도 광명시청, 2016)

나귀 타고 오신 성자

당나귀 자가용

눈을 뜨자, 타박타라락 가락이 들린다. 환청일까. 사뭇 경쾌하다. Q는 동굴에 갇힌 사자처럼 층층이 이어진 층계를 올려다본다.

가끔 어둠이 싫어 새벽녘에 바깥을 우러르면, 지하도 입구에서 어스름한 빛이 동그라미가 되어 데굴데굴 굴러 오던 환각에 몸을 사렸다. 동그라미는 주황에서 빨강으로, 종당엔 불꽃처럼 활활 타올랐다. Q는 그 속으로 빨려 들어가 달나라에서 풍년을 노래하는 옥토끼, 하늘을 훨훨 나는 독수리, 더 나아가 영혼마저 사르는 혼불이 되었다. 어느 순간 명화에 나타난 그림처럼 동그라미 후광에 자색 망토자락을 끌며 내려오던 성자의 모습을 뵌 양, 몽롱함에도 젖어들었다.

타박타라락, 가락에 이끌려 Q는 음계를 밟듯 층계로 오른다. 바깥으로 나오자, Q는 햇빛이 눈부셔 눈을 감았다 뜬다. 이어 가까이 다가오는 사내의 몸놀림이 평화로워 보인다. 사내가 콧노래 부르며 손에 잡은 고삐를 풀자, 고삐 임자가 히잉 히잉 장단을 맞춘다.

Q는 사내가 나귀를 탄 사실에 묘한 충격을 받는다.

"차는 얻다 두시고?"

"운전면허 취소를 당했습죠. 음주 운전이라며."

사내 목소리가 바람을 타고 우렁우렁 울린다.

"녀석을 타고 자가용인 양 시간을 넘나드는군요. 근데 째깍째깍, 타임머신 여행을 하진 않았습니까?"

노타이 차림인데도 Q는 목이 근질거려 넥타이 메는 시늉을 한다.

"어찌 칙칙 폭폭 기적汽笛에 복병처럼 숨었던 기적奇跡이 날아갈 듯한 표정이구려."

사내가 엇나간 표현이라 싶은지 부드럽게 나온다.

"회색 잠바에 긴 수염이 어울리시군요."

"시절이 하, 수상이라, 때가 잘 안 타는 옷을 고르다 보니, 이 모양입니다."

사내 눈길이 Q가 허리에 두른 담요에 머문다.

"지하 감방살이 한 지 얼마나 되었습니까?"

자신의 치부를 건드리는데도 Q는 명쾌히 답한다.

"팔 개월 지났습죠. 이젠 자리를 거둘까 하오."

Q는 손짓으로 허공에 8을 그린다. 그러자 팔 개월이 팔 년처럼 길게 연기를 품으며 칙칙폭폭 달려오는 것 같다.

"전 십 년을 고시 감옥에 시달리다, 지난여름에 펜대를 놓았지요. 첫 해 낙방하고 술을 입에 대기 시작했고요. 이젠 소주 3홉들이 세 병을 통째로 마시는 술고래가 되어도 통 취하지 않습디다. 그러니 교통경찰들은 나를 음주 운전자라며, 발을 묶어 놓더군요."

Q는 중얼거린다. 저 사내는 두뇌 회전이 꽤나 빠르군. 아이큐보다는 이큐에 더 밝은 것 같다. 아이큐와 이큐가 나란히 손잡고 행진해야 만족할만한 결과가 나오잖아. 초고속 시대에 나귀 타고 시내로 들어가려는 사내의 노림수는 뭘까. 영혼이 그을음 안 타 보이는 것도 신기하구.

"언제부터 나귀를 길렀습니까?"

"인석은 떠돌아다니던 나그네랄지. 날마다 정처 없이 승용차를 몰며 시가지를 쌩쌩 달려 울적함을 달랬지요. 근자엔 면허증 없이 승용차를 몰지도 못하니 두개골이 팡팡 터질 것 같았더랬죠."

연이어 사내가 목에 힘을 준다.

때맞춰 우리집 앞에서 인석을 발견했지 뭡니까. 누군가가 저를 위로하려고 보낸 선물이란 감이 일더군요. 더불어 이름표도 달지 않아 임자 없는 놈이구나 자위하며, 문득 제가 주인이 되고 싶더라구요. 가까이 다가가니 하, 녀석이 수굿한 자세로 꿇어앉아 타기를 기다리는 겁니다. 타인의 관심을 끌기 위해선 순종만한 미덕도 없잖습니까.

"이름표를 달지 않아 임자가 없다? 사람이라면 홀아비 냄새, 과부 냄새로 임자 없음을 가리겠지만."

Q가 헛헛 웃는다.

"나귀가 좀 귀한 게 아니거든요. 놈을 마음대로 쏘다니게 하려면 주소와 이름표는 반드시 필요할 테니. 자신의 존재를 알리는 게 홍보 차원에서도 유익을 보지 않겠습니까."

"지당한 말씀이외다, 선생."

사내라는 좀은 삐딱한 호칭에서 선생으로 격상되는 존칭에 Q는 아연 긴장한다. 영혼을 저울질하는 자신의 열등감에서 헤어나지 못한 채.

"바라볼 수 없는 건 아예 꿈도 꾸지 말라. 그게 제가 십 년 동안 모래성을 쌓으며 터득한 해답입니다."

"세상살이가 고된 수행일지라도 기적을 고대하는 게 인간의 희망이며 소망 아니겠습니까. 이 삭막한 세상에 그런 윤활유라도 없다면 육신은 썩어 문드러질 수밖에."

"기적을 고대하며 품은 소망은 무엇이었습니까?"

선생은 목이 마르다. 생수 같은 시원한 해답은 뭘까.

"첫째는 소금 같은 삶이지요. 소금이 없으면 세상은 부패하기 마련이잖습니까. 짠맛이야말로 건강을 지키는 활력소고요. 둘째는 황금입니다. 살아가노라면 돈 없는 생은 무가치한 것이지요."

Q는 고백을 멈춘다. 지하 감방살이가 돈을 얻기 위한 수단으로 상대방에게 비칠 것 같아서다. 그건 거짓 아닌 진심이었다. 회사에 다닐 때나 지하 감방살이 할 때 무리들과 부르짖은 게 노동 임금을 올려 달라던 구호였다.

"명쾌한 해답이군요."

선생이 수긍한다. 웬만큼 자기주장이 상대방에게 먹힌 것 같아, Q는 방향을 돌린다.

"그 머리채는 석자가 족히 될 성싶군요."

단정히 빗어 타래로 묶은 사내의 긴 머리채가 통통하게 살이 쪄 보인다. 짙은 눈썹을 감안해도 사내는 머리숱이 많은 셈이다. 저만한 나이라면 나도 그랬을까. 하지만 나는 머리숱이 적잖아. Q는 손톱으로 두상을 팍팍 긁는다.

"삼 년마다 엉덩이까지 처진 긴 머리를 잘랐지요. 처음 자를 땐 의기 충전해, 두 번째는 분노로, 세 번째는 자를 의욕 없어 그냥 이 모양입니다, 그려."

"머리는 왜 잘라야만 했을까요? 엉덩이를 지나 발끝까지 내려와 다시 위로 올려 세 가닥으로 묶어 기네스북에 오른다면 국익에 기여할 텐데."

"국익이라뇨? 그리도 넘겨짚진 마십쇼. 타인들에게 웃음거리밖에 더 되겠습니까. 예 또, 사법고시에 합격해 미국으로 가서 국제변호사 자격증을 취득해 인권변호사가 되는 게 저의 바람이었지요. 그리하여 가난하고 억울한 자들의 멍에를 풀어주는. 세계인들에게 찬사 받아야만 코리아를 반석 위에 올려놓는 게 아니겠습니까."

"딴은 그렇군요."

황토색 바지에 황토색 저고리를 입은 선생은 옷을 다스릴 줄 아는 품위를 지녔달까. 흔히 그런 옷을 입으면 덧나 보이고 촌티마저 풍기는데. Q는 자신도 모르게 고삐를 잡는다.

"고시 공부가 바라볼 수 없는 꿈이라면 해마다 젊은이들이 왜 무한정 덤비겠습니까. 궁합이 안 맞은 거겠죠. 내가 안내하겠습니다."

Q는 칫솔처럼 뻣뻣한 수염이 잔디처럼 부드러워지는 감을 잡는다. 손에 쥔 고삐마저도 풀잎 같아 손이 가볍다.

초록 병아리들

나귀는 경쾌하게 걷는다. 녀석의 황갈색 털 사이로 햇빛이 촘촘히 스며든다. 주둥이 둘레 하얀 털이 먹이마저도 거부할 것 같아 고고해 보이기까지 한다. 고삐 잡은 Q는 황공한 자세인데, 선생은 당당한 모습이다.

그들 일행은 공원 안으로 들어선다.

유치원생들이 그림 그리기 위해 화선지를 무릎 위에 얹고 크레용을 든다. 원아들이 입은 초록 제복이 오월의 신록에 동화 돼 푸르디푸르다.

"아무거나 그려도 됩니다. 시이소, 철봉, 미끄럼틀, 무궁화, 월계수, 연못도 좋구요. 너무 많은 걸 그리려면 하나도 제대로 못 그린답니다."

보모의 설명이 채 끝나기도 전, 연못가에 선 나귀 일행을 보고 원아들이 환호성을 지르며 모여든다. Q와 선생 모양새가 이상한지 호기심 담긴 눈초리들이다.

"청학동 훈장님, 산신령 할아버지, 그 나귀 좀 타게 해 주시겠죠?"

별아가 홀짝홀짝 뛰며 숫기 좋게 나온다. 뒤이어 스무 명남짓한 원아들이 그들 일행 옆을 빙 둘러선다.

"나도 좀 태워 줄래."

하늬가 나귀 배를 슬쩍 건드린다. 나귀가 흐응 답례하며 고개를 끄떽인다. 별아가 나귀 양쪽 귀를 폈다 덮었다 한다. 나도 질까보냐며, 하늬가 면봉으로 나귀 귀를 닦고 물휴지로 귓속을 깨끗이 훔친다. 나귀가 시원한지 좀 더 닦아 달라는 시늉으로 스르르 눈을 감는다.

"깜박했구나. 아침에 목욕 시켰는데 귀 소제를 안 해 줬거든. 어디 내가 청학동 훈장으로 보여?"

선생이 고개를 아래로 굽히며 귀를 쫑긋한다. 고추잠자

리가 휑하니 날아와선 나귀 콧등에 입 맞춘다. 나귀가 가려

운지 앞다리 올려 콧등을 비비자, 선생이 제풀에 미끄러져

땅에 발을 디딘다.

"산신령 할아버진 또 뭐냐?"

Q가 자갈 구르는 소리를 낸다.

"버릇이 제로라 좀 잘 봐 주십쇼."

보모가 한껏 고개 수그리더니 표정을 바꾸며 호령한다.

"느네들 그림은 안 그리고 이게 뭐냐?"

나무라는 척하다가도, 보모는 원아들의 호기심을 잠재우

지 못해 더 이상 훈계를 멈춘다.

"아가씨도 타고 싶죠?"

선생이 보모를 얼러댄다.

"그야 태워 주신다면 '노' 아니 하죠."

보모가 가당찮게 나오자, 원아들도 일제히 화답한다. 예

스, 베리 굿 예스.

Q의 입술이 조개처럼 벌어진다.

"인석이 하나를 알면 열을 꿰뚫어 가히 공公이라 예우할

만 하잖소. 어서 내 등에 오르라는 신호인 양 꼬리를 흔드는

군. 공이 아이들 마음을 꿰어 기꺼이 봉사하겠다는데, 우리

도 볼만장만 넘어갈 순 없잖습니까."

선생도 선선히 응한다. 원아들이 앞 다투어 먼저 타려고 달려든다. 보모가 호루라기 불며 원아들을 차례로 세운다.

Q는 입가에 거품이 일어 손수건으로 닦는다. 무엇에 집착해 열을 올리면 거품이 일어 자주 닦아 그런지, 입가에 번진 습진으로 푸르죽죽하다.

"이 나귀는 말이야, 하나보다는 끼리 끼리를 더 좋아하거든. 둘이 짝짜꿍 알겠지?"

선생이 오른손으로 V를 그려 보인다.

"청학동 훈장님, 그건 빅토리를 가리키는 승리고, 이거라야 둘이잖아요."

별아가 오른손 엄지와 검지를 치켜세운다.

"깜빡했네. 그럼 차례대로 타 봐."

"훈장님, 자가용을 빌려 주셨음 됐지 운전까지 하시게."

보모가 선생에게 고삐를 받아 쥐자, 나귀가 흠흠 하며 보모 장딴지에 코를 들이댄다.

"불알 달렸다고 아가씨에게 구혼하련?"

Q가 나귀 머리를 쓰다듬는다. 보모 얼굴에 전등이 켜지고, 원아들이 히히거린다.

어느 새 하늬가 월계수로 만든 월계관을 머리에 쓴다.

"마라톤 경기에서 일등 했어? 손기정 선생님처럼 월계관을 쓰게."

별아가 눈을 흘긴다. 다른 원아들도 하늬처럼 월계관을 만들기 위해 월계수를 꺾으려는데 보모가 말린다.

"느네들이 싫어하면 관둘게. 이거야말로 청학동 훈장님에게 어울리겠네."

하늬가 선생 머리에 월계관을 씌운다.

"월계수 면류관?"

Q의 눈빛이 경이롭게 변한다. 월계수 잎이 파릇파릇해 선생의 머리를 초록으로 물들이는 것 같다.

하늬가 나귀 등에 오른다. 별아도 덩달아 나귀 등에 올라 하늬 허리를 양손으로 꽉 붙든다. 나귀 일행 따라 원아들도 무궁화 꽃밭 둘레를 한 바퀴 돈다.

"다음은 내가 운전할 테니, 아가씨 차례."

선생이 명령하자,

"베리 굿."

보모도 나귀 등에 오른다.

가시 면류관

월계수 면류관을 쓴 선생이 나귀 등에 오르고, Q가 고삐 쥐며 터벅터벅 걷는다. 선생의 시선이 몽롱해지고 고개가 옆으로 기우뚱해진다. 원아들에게 시달린 탓인가. 나귀도 발이 조금은 굽은 듯하고 발자국이 흐릿하다. Q도 허리에 두른 담요가 버거워 휴지통에 버린다.

"인석의 안장으로 사용할 걸 그랬군요."

선생이 아쉬워한다.

"냄새 나는 담요를 공인들 반기겠습니까."

Q는 무거운 짐을 벗은 양 홀가분하다. 담요뿐 아니라 자신의 몸과 옷도 때에 절어 고삐 잡은 손조차 불결해 보인다.

거리에는 택시, 버스, 트럭, 오토바이, 자전거가 달려간다. 사람들이 그들 곁을 스쳐 가도 별로 관심 없이 지나갈 따름이다. 그들은 패밀리 마트, 까까보까 미용실, 황실 예식장, 낙지 수제비, 24시간 사우나탕, 남원 추어탕 앞을 지나친다. 사거리 가까이서 교통경찰이 그들을 불러 세운다. 콧날이 오똑하고 눈빛이 매섭다.

"어디로 가오?"

"운전 면허증은 당신들이 가져갔잖소?"

선생이 되묻는다.

"음주 단속에 대한 반항?"

교통경찰의 미간이 깊게 팬다. Q는 저절로 자신의 이마를 다림질한다.

"고속 문명의 수레바퀴에 대한 명상쯤으로 여겨 주시오."

그들 곁으로 50톤 트럭이 검은 연기를 뿜으며 달린다.

"나귀 타고 오신 성자? '찬송하리로다. 호산나.' 어찌 시민들이 그 구호를 외치며 뒤따르지 않으니 말세로고."

교통경찰이 피식 웃는다.

Q는 하늘을 우러르며 뜬구름에 시선을 집중한다.

"성자를 기다리시오? 이 삭막한 시대에 그런 기적을 기다리지 못한다면 숨통 막힌다?"

다시금 Q가 쓴웃음 흘리며 수염을 쓰다듬는다.

"난 직장에서 정리해고 당했죠. 그러니 너무 억울해 나처럼 당한 무리 고수가 되어 농성을 벌이다 지하로 숨어들었고요. 처음 농성 벌일 땐 일백 명이 넘었더랬는데, 이젠 나혼자만 남아 종착역까지 오게 된 거요. 처음이나 지금이나 변함없이 기다린 게 기적이었소."

"어떤 기적을?"

교통경찰의 눈빛이 생생하다.

"불초 소생을 지하 감방에서 건져 줄 손길 말이오."

Q가 물 흐르는 소리를 낸다.

"내 참, 구제 불능이네. 지금 댁이 선 자리가 어디오? 지하 감방이 아니고 지상 천국이잖소. 이 노릇한 지 이십 년을 넘기고 보니 살아 있는 순간순간이 기적이요 축복입디다. 하루도 바람 잘 날 없게 시리 사고가 잘도 일어나니 말이오."

교통경찰이 수첩을 꺼내 무얼 살피며 도리질한다.

"음주 단속 근거를 잡았소?"

선생이 여유로운 자세를 취한다. 나를 잡아가도 좋다는 자세이다.

"고주용 씨, 삼진 아웃 당하셨네."

교통경찰이 수첩에 적힌 선생 이력을 손가락으로 탁탁탁 두들긴다.

"혈중 알코올 농도가 심한 술주정뱅이가 승용차를 운전한다고, 운전면허 취소당했습죠. 뒤이어 논두렁 풀이 말라

인석 먹이 구하러 친척 트럭을 빌려 운전하니, 무면허 자가 운전했다고 경고 당했으면 자성할 줄 알아야지. 교통경찰의 꾸중을 듣고, 사는 게 술맛이라 싶어 다시 만취가 되어 시내 중심 네거리에서 고함쳐, 또또또 경고 처분, 그리하여 삼진 아웃이외다. 지금 혈중 알코올 농도는 그보다 더 심하거든요. 밤새 소주랑 막걸리를 짬뽕으로 마셔댔으니. 허 참."

항의하던 선생이 월계수 면류관을 벗어 휴지통에 버린다. 파릇파릇하던 월계수가 햇볕을 받아 시들어 맥이 없다.

Q가 또 자갈 구르는 소리를 낸다.

"가시 면류관을 썼으면 더 나을 텐데."

신호등이 켜지자, 한 무리 시민들이 오고간다. 버스 정류장에는 버스가 멈춘다. 초록 등이 꺼지고 붉은 등이 켜진다. 여자가 탄 자전거도, 남자가 탄 오토바이도 쌩쌩 바람을 일으키며 앞지른다. 트랙터를 몰던 운전자가 급정거한다. 그곳에서 빵빵 클랙슨이 울려, 나귀가 뒷걸음친다.

"중국에선 자전거를 양류이洋驪, 당나귀 아닌 양나귀라 하고, 오토바이를 피류이즈庇驪子, 방귀 끼는 나귀라 하지요."

교통경찰이 북경에서 대학을 다녀, 중국 문화를 좀은 안다며 으스댄다. 서울에선 대학 입시 삼수생이 되어, 탈 서울을 결심했다. 중국 유학길에 오른 건 서울보다도 북경이 대학 들어가기가 훨씬 수월해서라고도 덧붙인다.

"고속 문명에 대한 느림의 미학? 오토바이를 방귀 끼는 나귀라니 정이 가는 구려."

Q가 너털웃음을, 덩달아 선생도 하하 웃는다.

"내가 교통경찰로 발탁되자, 대학 스승님이 훈화하셨죠."

'고대 그리스 철학자 디오게네스는 빈 통 속에서 살았다고 해. 청빈의 가시 면류관을 쓴 셈이지. 그러다 보니 상류층이 호의호식하며 아테네 거리를 삼두마차로 달리는 꼴을 못 봐 넘겼잖아. 하루는 디오게네스가 가까이 그런 마차가 달려오는 걸 보고 빈 통을 굴려 그만 곤두박질하며 멈추게 했지 뭐냐. 그 마차에 탔던 귀족이 그냥 넘어갔겠어. 원로원에선 중벌을 내리자고 했지만, 같은 나들이 행보인데 빠르고 느린 차이를 어찌 규제하겠느냐. 시민들이 디오게네스 손을 들어 주었다고 해. 그리고 보면 그리스는 일치감치 민주화에 길들었다고나 할까'라고요.

교통경찰이 배를 내밀어, Q가 간지러움을 태운다.

"그 스승님 훈화답게 나리께서도 선처를 내리십쇼."

"척 보아하니, 두 분이 '만족 결핍증 환자'인 것 같은데,

이젠 그 속박에서 벗어나십시오."

"그 처방이 있다면 가르쳐 주시죠."

선생이 한껏 목을 낮춘다.

"허무와 실망을 털털 털어 버리십시오. 지금 이 순간을
가장 보람으로 맞이하는 게 바로 행복의 통로라는 걸 명심
하시고요."

교통경찰이 그냥 가시라는 신호로 호루라기를 분다.

느림보 거북이

선생이 탄 나귀와 Q가 어느 동네 앞에서 걸음을 멈춘다.
정자나무 아래서 노파가 그들을 불러 세운다.

"여보게, 젊은이들."

노파 곁에는 두 노인이 바둑을 둔다. 한 노인이 탁 소리
내며 검은 돌을 바둑판 위에 놓는다. 다른 노인이 슬그머니
검은 돌 옆에 흰 돌을 놓는다.

"부르셨습니까, 할머니?"

Q가 노파 옆에 앉는다.

"누님이라고 불러. 이제 겨우 '짚고 땡'인데."

노파가 언짢은 표정으로 혀를 찬다.

"환갑이란 뜻이네."

검은 돌 쥔 팔순 노인이 풀이한다.

"제가 나잇값을 못 하나 봅니다. 곧 오순인데도."

Q가 송구스런 자세를 취한다.

선생이 나귀 등에 탄 그대로 고개를 아래로 숙인다. 흰 돌 쥔 구순 노인이 헛기침한다.

"어서 내려오게나. 무얼 타는 것도 아래위가 있어야지, 그게 뭔가?"

선생이 나귀에서 내려, 구순 노인을 향해 넓죽 절을 한다.

"제가 깜빡 졸았나 봅니다."

정자나무 옆 빈터에선 달리기 대회가 한창이다. 개와 주인이 한 동아리가 되어 목표 지점까지 돌고 오는 놀이다. 삽사리, 진돗개, 똥개, 린드버그, 치와와, 불독 등 놈들의 종류가 많기도 하다. 개와 주인이 발맞춰 어떻게 빨리 달려오느냐이다. 손뼉 치며 응원하는 소리와 개 짓는 소리가 뒤범벅되어 요란스럽다.

"어지러워. 세상이 빙빙 돌아가는 것 같아."

짚고 땡 누님이 양손으로 귀를 막고 눈을 감는다.

"바야흐로 고속 문명을 저울질하는 인간과 개의 도전이 렷다. 허, 참."

팔순 노인이 손에 힘을 주며 검은 돌을 바둑판 위에 놓는다. 구순 노인이 슬그머니 흰 돌을 검은 돌 건너편에 놓고는, 정자나무에 등을 기댄다.

"내가 어릴 때 나귀 타고 달리기하는 놀이가 있었다네. 일테면 전승되어 온 화류회花柳會라는 거였지. 열 사람이 나귀 타고 출발하면 가다 말다 하는 놈, 뒤로 가는 놈, 그냥 그대로 서서 제가 싫으면 주저앉기도 하는 놈들이었어. 달리기를 겨루는 게 아니라 머무름을 즐기는 놀이였달까. 내내웃음을 자아내며 나중엔 일등이 꼴찌에게 한턱내는 거였지. 그 시절이 그립네."

"그런 놀이들을 즐기다보니 자연 더딘 문명에 사로잡혀 쇄국정책으로 나라가 망하기조차 했잖습니까."

Q가 쨍그랑 쇳소리 낸다.

"자네, 아직도 사기 그릇 깨뜨릴 혈기가 남은 걸 보니 젊음을 헛되이 보낸 것 같으이."

팔순 노인이 검은 돌을 양손으로 이리 저리 굴린다.

"젊음을 누리지 못하고 세월에 멱을 감은, 떠내려가는 삶을 살았지요. 그러다 보니 쌓이고 쌓인 분통이 터져 지하 감방에서 한동안 지내긴 했지만. 어르신들도 혈기가 남아 대문 두드리는 소리로 바둑알을 굴리시는구려."

Q는 막돼먹은 놈이라고 호통 치며 따귀라도 갈겨 줄 것 같았지만, 팔순 노인은 예의 그 손짓으로 바둑을 둔다.

"여보게, 저 달리기 놀이는 나의 기를 돋우려고 있는 힘을 다하는 것 같으이."

구순 노인이 중얼거린다.

무언가 지피는 양, 선생이 이마를 탁, 탁, 탁, 세 번 친다.

"늘그막에 두 분이 혈혈단신이라 동고동락 하신다우."

짚고 땡 누님이 먼지바람에 실려 오는 개털을 손바람으로 막는다. 환호성이 절정에 달하더니, 달리기 대회는 진돗개 1위, 린드버그 2위, 똥개 3위로 판정 난다. 나귀도 개들의 경주에 흥이 나는지 뜀뛰기 하고는 멈춘다.

"우린 한 식구라오. 날마다 시어미 도끼눈과 며느리 암팡눈이 맞대결하자니 바람 잘 날 없어 내가 먼저 뛰쳐나왔지만 갈 곳이 없잖아. 마침맞게 노인정에서 알게 된 왕 어른께서 발 뻗을만한 집칸이 있으므로 더불어 살자고 하셔서 살

판 난 게지. 두 분 어르신이 독거노인 연금을 받아 돈 걱정 안 해도 되고. 난 두 분의 가정부가 되어 밥 짓고 살림 꾸려 가며 살아가노라니 천국이 따로 없다 싶더라구."

"그야말로 짚고 땡이 되셨군요."

Q가 노파에게도 간지럼을 태운다.

"우리 옛 선비들이 노후에 선호했던 삶의 지침으로 구족계九足戒가 있었다네. 책 한 시렁, 거문고 하나, 신발 한 켤레, 베개 하나, 남으로 난 창 하나, 햇볕 쬘 쪽마루 하나, 차 끓일 화로 하나, 지팡이 하나, 나귀 한 마리면 더 바랄 게 없다는 거였어. 청빈을 지조로 삼았던 우리 선비들의 겸허한 삶을 대변한 거라 할지."

나귀를 보자, 문득 그 생각이 떠올랐다며, 구순 노인이 돋보기를 벗고는 낀다.

"거북이와 토끼 경주가 기억나는군요. 쉼 없이 기어가던 거북이가 이기고 교만 떨던 토끼가 잠들어 느림보가 된 이야기 말입니다. 깡충깡충 뛰던 토끼도 쉬어야만 하지 않겠습니까. 또 져야만 이길 비결도 나오는 법이거든요. 말씀 귀담아 듣고 갑니다."

선생이 노인들에게 인사 올리고는 고삐를 잡는다.

"이젠 제가 길잡이가 되겠습니다."

Q가 순순히 나귀 등에 오른다.

기념식수

융건릉隆健陵으로 가는 길목엔 소나무 숲이 푸르디푸르
다. 그곳에서 가족들이 여기 저기 모여 도란도란 이야기를
나누는 게 보인다.

선생이 매표소에서 3장의 표를 산다. 능을 지키던 경비원
이 나귀를 저지한다. 선생이 표를 내밀자, 너그러이 받아들
인다.

어느 가족이 잔디밭에서 공놀이 한다. 아빠랑 딸이, 엄마
랑 아들이 한 조가 되어 서로 발목 묶어 아름드리 치솟은 소
나무를 돌고 오는 놀이다. 먼저 아들 조가 넘어지자, 뒤이어
딸 조가 넘어진다. 그들 가족은 잔디밭을 뒹굴며 폭소를 터
뜨린다. 그들 밝은 웃음소리가 소나무 사이를 맴도는 까치
울음소리와 화음을 이룬다.

나귀가 소나무 앞에서 걸음을 멈춘다.

"공이 미인송들에게 반했나 보구려."

Q가 미인송 솔잎을 쓰다듬는다.

"우리집 뜰에도 소나무 한 그루가 있답니다. 제가 태어난 날에 아버님이 심은 기념식수인 셈이죠. 삼대독자니 그럴 수밖에요. 여린 순일 땐 저랑 키 재기 하며 자랐지만, 불혹을 앞둔 지금은 제 키의 열 배나 크지요."

"자태가 우람해 위용이 돋보이지 않습디까?"

"아뇨. 군더더기 없이 늘씬한 체격이랄지. 몸통이 ㄱ자로 구부러지면서도 위로 솟구쳐 양팔을 벌린 양 가지들을 뻗쳐, 아담한 정취가 돋보입니다."

어릴 적엔 그 소나무가 내 동무처럼 보이더니 점점 자랄수록 잎이 가시처럼, 바늘처럼 나를 꼭꼭 찌르는 것 같아 겁먹기도 했다. 이십 세가 지나자, 우러러 보는 게 해와 달만이 아닌 그 소나무도 나를 사로잡았다. 그 나뭇가지 사이로 달이 비춰 마당에 드리우는 그림자가 마냥 정겹다. 아침 해와 지는 해의 자태와 따스함이 그 그림자에도 녹아들며 종당엔 그 소나무에 동화되기도 했다. 바로 제가 한 그루의 소나무가 되리란 소망마저 품게 해 고시 공부에 뛰어들었다. 요즈음은 그 나무를 타고 올라 잎을 만지면 어떻게나 부드럽든지. 세상의 잘못을 꿰매고 감싸는 잎맥의 혼인 양 저를 사로잡지 뭡니까. 과하지도 부족하지도 않게끔 균형 감각을 유지하며 굽이진 나무의 몸통과 가지의 굴곡은 바로 아름다움이었지요. 때맞춰 저도 그 자태를 닮아야 한다는 깨달음이 오더이다. 고백하는 선생의 낯빛이 환하다.

"그런 사례를 아드님에게 일깨운 아버님이 진정 한 그루 소나무로 우뚝 서 보입니다."

미인송 위에서 강한 빛이 쏟아내려 그들을 비춘다.

"아버님은 한동안 정계에 입문했지만, 좌절해 뜻을 접고 선한 농부로 살아가는 걸 업으로 여기신답니다. 그 소나무를 돌보는 걸 낙으로 삼으시며. 그 소나무를 아들인 양 어루만지며 키우셨지요. 저에게도 그러셨지만 하도 말썽 피운 불효자였으니."

Q가 침묵해, 선생이 뒷말을 잇는다.

"농가엔 거의 개를 기르잖습니까. 저희집은 그 소나무가 집 지킴이인 셈이죠."

개가 주인의 충복으로 도둑을 쫓는 거라면 우리집은 그 소나무가 그 역을 담당하는 거랄지. 도둑들이 얼마나 영악한지 개도 도둑질하는 세태 아닌지요. 하지만 우리 동네엔 도둑이 잘도 들어도 우리집엔 도둑이 들지 않았어요. 비결은 도둑들이 그 소나무의 단정한 자태와 위엄에 감복했다지 뭡니까. 이 집엔 필히 재미 보려다간 잡히기 쉽다며 되려 도망친 사례가 우리 동네 어른들의 화젯거리였죠. 도둑들이 현관문 앞에 가지런히 놓인 신발을 보고 감히 그 집안으로 쳐들어가지 못한다는 예라 할지.

Q는 귀담아 듣고, 선생은 미인송들을 우러른다.

"송충이 보이지 않으니 다행이군요. 여기 소나무들을 송충이 갉아먹는다는 보고를 받고 정조대왕이 와서 보니, 놈들이 기승 부렸거든요. '아무리 미물일지언정 네 어찌 내가 부친을 그리워하며 정성껏 가꾼 소나무를 갉아먹느냐.' 임금이 꾸짖으며 송충을 잡아 질경질경 깨물자, 천둥번개와 장대비가 쏟아져 송충이 사라졌다는 전설이 전해 오잖습니까. 저기 나는 까마귀 떼 말입니다. 그 울음소리가 뒤주 안에 갇힌 사도세자의 울부짖음 같군요. 이럴 땐 목을 틔울 술이 그리운데."

선생이 칵칵 가래침을 뱉으며, 양쪽 주머니에 든 미니 소주병을 꺼내 하나는 Q에게 건넨다.

"나도 마찬가지라오. 이젠 술은 그만 마십시다."

"효의 태자리라서 그런 겁니까?"

반문하며 선생도 술병을 휴지통에 버린다.

나귀가 가느다랗게 치솟은 미인송 곁에 수굿한 자세로 앉는다.

"저 미인송이 공을 즐겁게 하나 봅니다."

Q가 흐뭇해하자, 선생이 화답한다.

"인석이 얼마나 영특한지, 우리에게 묘지 참배 잘 다녀오시라는 뜻 아니겠습니까."

선생도 Q도 타박타박 걸어 융건릉 앞에 선다. 사도세자와 혜경궁 홍씨의 합장묘가 단아하면서도 품격 있게 돋보인다.

"전 여기 오면 풀벌레 울음소리도 나뭇잎 하나 흔들림도, 아바마마를 부르는 정조대왕의 옥음을 듣는 듯해 괜스레 눈시울이 붉어집니다."

선생이 양손으로 눈을 마사지하자, 머리 묶은 고무줄이 풀어져 머릿결이 바람에 나풀거린다.

"효의 상징인 수원을 수원답게 하는 곳이지요."

목에 가시가 걸린 듯 Q가 탁음을 낸다.

그들이 융건릉을 참배하고 되돌아오자, 나귀가 눈을 껌벅거린다.

"좀 쉬었다 갑시다."

선생이 권하자, Q도 느긋한 자세로 잔디밭에 드러눕는다.

"인석이 괜찮은 건 술을 마셔도 걱정 없이 탈 수 있거든요. 승용차처럼 기름값이 들거나 세금을 내지 않아도 됩디다. 값도 오토바이값 정도밖에 되지 않고요. 집 앞 논에 매어놓고 풀을 뜯게 하니 먹이값도 들지 않더라구요. 동네사람들도 저의 승마에, 파이팅, 이라며 열렬한 응원을 보내므로 용기를 얻기도 했지요."

"공을 돈 주고 샀단 말입니까?"

제주도에서 350만 원을 주고 샀다는 걸 선생이 밝힌다.

"저는 여기서 얼마 안 떨어진 명당골에서 자랐어요."

초등교 교장 선생님은 학생들에게 '효도하겠습니다' 인사말을 시키고는 효가 행동의 근본이라며 누누이 강조했습니다. 교훈도 '참 사람다운 사람'이었지요. 전 명당골에선 천재 소리 들으며 자라, 그 천재란 압박감이 내내 저를 눌러 사법고시 십수생으로까지 이어졌고요. 사법고시에 합격해 국제인권변호사가 되는 게 효를 다하는 거라 여겼거든요. 참 사람다운 사람이란 남들 앞에 우뚝 서야 한다고 기염을 발한 형국이었으니. 가끔 여기 오면 어가 행렬이 있는데, 졸

병들은 마음이 가볍지만 정조대왕이라면 머리가 무거워질 거란 상상에도 사로잡혔달지."

"통치자가 어디 아무나 하는 겁니까."

"이젠 아버님이 소나무를 기른 그 정성으로 논에 물 대고 모 심기 하며 농사를 지어야겠네요. 그러면 길이 열릴 텐데, 그런 사실을 외면했지 뭡니까."

"나도 집으로 돌아갈까 하오. 가족이 기다릴 테니."

"나중에 헤어질 때 저의 머리를 깎아 주시겠습니까?"

선생이 헝클어진 머리채를 손가락으로 빗질한다.

"물론이죠. 나의 수염은?"

"댁으로 가서 부인에게 그 수염을 자르고 면도질도 좀 해 달라 하시죠."

"나이가 나보다 아랜데 선생이라 부르게 된 이유를 이제야 알겠군."

Q도 선생도 졸음에 겨워 눈을 감는다. 나귀도 잠을 잔다. 뭉게구름 사이로 드러난 햇빛이 그들을 비춘다.

손에 뜬 달

꽃씨를 드립니다. 기쁨을 드립니다.

딸랑딸랑 요령 소리가 귓전을 울린다. 노란 옷을 입은 아가씨들이 꽃처럼 미소를 머금고, 타조 같은 늘씬한 다리와 유연한 몸매가 산뜻하다. 머리에 쓴 모자도 생화를 달아 화환처럼 보인다. 꽃씨와 기쁨을 단으로 묶어 연거푸 드립니다, 꾀꼬리 화음이 길손들의 발걸음을 멈추게 한다.

하늘은 옷고름을 풀어 청잣빛 살결을 드리우고, 봄 우기에 우울했던 나의 마음이 풀려 한결 다사롭다.

"어떤 기쁨을 드릴까요?"

아가씨가 꽃씨 든 봉투를 부챗살처럼 펴 보인다. 달리아, 해바라기, 채송화, 히아신스, 봉숭아가 방글방글 웃는 얼굴로 주인을 기다린다.

나는 제비 뽑듯 봉숭아 씨앗이 든 봉투를 집어 든다.

"미인의 조건 중에서 하나가 빠졌군요."

"뭐죠? 그게."

아가씨의 동공이 풋풋함을 일깨운다. 나는 싱싱한 물고기를 건져 올리듯 명쾌한 해답을 한다.

"손톱에 봉숭아 꽃물이 안 보이네."

"유성전자 제품을 사랑해 주세요."

아가씨가 날렵하게 자회사 상품이 인쇄된 팸플릿을 나의 손에 쥐어준다. 그러고는 상대에게 다시 추가 주문한다.

"기쁨을 꽃씨 뿌리듯 하십시오."

남편은 베란다로 나가 분무기로 화초에 물을 준다. 그의 손길은 아기에게 기저귀를 채우는 것만큼이나 부드럽다. 들깻묵을 적당히 섞은 토양 때문인지 봉숭아는 통통하게 살이 쪄 보인다. 들깻묵을 마구 뿌리면 화초가 영양이 넘쳐 외려 시들기에, 열흘 정도 삭혀 적당량을 주어야만 한다. 그는 토양과 비료의 양을 잘 알아 화초를 시들게 하거나 죽인 예가 없다. 살충제를 뿌려 벌레가 잎을 갉아먹지 않도록 예방하고, 벌레를 잡기도 한다. 봉숭아 잎은 벌레가 즐겨 찾는 먹이인데도 어느 하나 버릴 것 없이 청청하다.

열린 창문으로 햇빛이 가느다란 금사의 올을 풀어헤친다. 금빛 영양을 받은 화초가 단장한 신부처럼 청결하다.

"봉오리가 껍질을 벗고 바깥 마실 나오겠네."

그의 애정어린 감탄이다.

"어떤 옷을 입고 바깥 구경 나올까?"

나의 목소리도 나긋하다. 우리 부부가 서로 의견이 척척 잘도 맞는 예가 있다면 봉숭아를 예찬하는 순간이다.

양끝이 조붓하고 가장자리에 톱니가 난 잎새 사이로 봉오리가 빙긋거린다. 빨강, 주황, 하양, 보라, 분홍, 어떤 옷을 입고 세상 구경하려는 걸까. 겹봉숭아일까, 홑봉숭아일까. 더불어 웃는 겹봉숭아도 좋고, 혼자서 고고한 홑봉숭아도 나쁠 리 없다.

내가 아가씨에게 씨앗을 받아 오지 않았대도, 그는 봉숭아 모종이라도 구해 와 화분에 심었을 것이다. 그는 작년 칠월, 담석증을 수술하고 후유증이 심해 석 달 동안 병원에 입원했다. 퇴원하자마자 곧장 생가에 들러 봉숭아꽃을 가져왔다. 시월인데도 봉숭아꽃이 안녕하셨다니. 내 입에선 탄성이 흘러나왔다. 올해는 그냥 넘어가나 싶어 손이 심심하던 참이었는데. 그는 늦가을인데도 생가 빈터에 오롯이 핀 봉숭아의 구김 없는 자태에 감격했다.

그의 생가는 낡아 삼촌이 헐어버리고 빈터엔 채소를 심어 가꾸었다. 건축 기사인 그는 생가를 복원하는 게 꿈이었다. 가끔 『한국의 전통가옥』이란 책자를 보며 수첩에 뭔가를 기록하곤 했다.

내가 그를 만난 건 〈봉숭아 꽃물들이기〉 모임에서였다.

"별 희한한 모임도 다 있군요."

나의 곁에 선 그가 반문했다.

"희한한 모임이기에 온 것 아니오?"

봉숭아 밭 옆에는 과수원이 있어, 복숭아와 자두를 원하는 대로 먹고 나서, 남녀 끼리 서로 봉숭아 꽃잎으로 손톱에 꽃물 들여 주는 놀이였다.

회원들이 카드 뽑기를 하고 나자, 사회자가 선언했다.

이성규 님과 민소라 님은 이 좋은 날 연인으로 탄생되었습니다.

회원들 중에는 진짜 연인들도 더러 눈에 띄었다.

그와 나는 바구니를 들고 봉숭아 밭으로 갔다. 색색의 봉숭아들이 주인을 기다렸다. 모두들 싱싱한 꽃잎을 따는데, 그는 떨어진 꽃잎들을 주웠다.

"볕에 시든 꽃잎이 더 잘 물든답니다."

"시든 꽃은 싫어요."

나는 싱싱한 꽃잎으로 손톱 단장 하고 싶었다.

"이걸 버리면 아깝잖습니까."

그는 내가 딴 싱싱한 꽃잎들도 바구니에 담았다. 우리는 과수원 풀밭에 앉아 주최 측에서 준 분마기에 봉숭아 꽃잎을 넣어 서로 번갈아 가며 공이로 찧었다.

"사실 봉숭아만큼 의미를 지닌 꽃은 드물죠. 인체에 달을 지니는 거니까요."

"호수에 뜬 달, 술잔에 뜬 달은 아니구요?"

"사람들은 자신만이 지닌 암호를 가슴에 새겨두지요. 나는 '손달'이라 부른답니다. 달맞이하기 위해 동산에 오르기도 하지만, 손에 뜬 달로도 달맞이는 충분하잖습니까."

"어쩌면, 그건 성규 씨만의 암호가 아니랍니다. 나도 '손달'이라 부르거든요."

나는 뽕뽕 물방울 튀는 소리를 냈다. 기억이란 신비의 겹을 풀어 헤치면 내 유년을 살찌운 소꿉놀이, 나이테처럼 켜를 늘려 가던, 내 키만큼 자란 달을 해부할 수 있을까.

"나의 손달에 너의 손달을 합하면 싱글이 아닌 '우리'라는 더블의 행운이 온다는 뜻?"

하도 진솔한 물음이라, 나는 그의 뜨거운 눈빛에 맞서며 따졌다.

"행운은 안개 같은 거지만, 행복은 누구나 누리고픈 꽃봉오리 아닌가요?"

그는 찧어서 물컹물컹해진 꽃잎을 엄지와 검지로 둥글게 빚어 나의 손톱 위에 얹었다. 싸한 향내가 코끝을 스침과 동시에 손톱에서 전해지는 맵싸한 감촉이 새벽 풀잎 위의 이슬처럼 다가왔다.

"자연 앞에 고개 숙이면 세상이 투명해 보이는 법이죠. 주최 측에선 백반을 넣어야만 꽃물이 잘 들여진다고 하지만 꼭 그런 것만은 아닙니다. 애벌로도 달이 뜨고, 달이 선명하지 않으면 재벌로도 달이 또렷해지니까요."

그는 초벌로 꽃물이 잘 들여지지 않으면 두 번 들여야 한다는 걸 강조했다.

"자연과 인간과의 친화력?"

나는 이 남자랑 연이 닿은 건 아닐까, 헤아렸다. 도무지

기억 밖의 남자인데도, 처음 만난 타인 같지 않았다. 그는 나의 손톱에 꽃잎을 얹고 아주까리 잎으로 싸매 실로 묶었다.

"난 이걸 '아주까리 골무'라 부른답니다."

그는 만족한 표정으로 나의 열 손가락에 싸매진 아주까리 골무를 내려다보았다. 나는 문득 그가 이런 일을 많이 경험했을 거란 감이 들었다. 다른 회원들은 주최 측에서 나눠 준 비닐을 사용하는데 아주까리 잎을 준비해 온 걸 봐도. 이 남자가 봉숭아 꽃물 들여 준 여자는 누구일까. 내가 묻지도 않았는데, 그는 이유를 밝혔다.

"여름이면 여동생은 오빠가 봉숭아 꽃물 들여 주는 걸 피서로 여겼죠."

"참 희한한 피서도 다 있군요."

우리는 희한이란 단어를 반복한 사실을 알고 서로 마주 보며 폭소를 터뜨렸다.

"여동생은 오빠를 부모 이상으로 생각했었죠. 남매는 일찍 부모를 여의고 삼촌 밑에서 자랐거든요."

첫 대면인데도 나는 그에 대해 꽤 많이 알고 있다는 감이 들었다. 그는 나의 손을 잡았다. 편지를 띄워도 괜찮겠죠. 답장을 기다리겠습니다. 손톱에 어떤 달이 떴나 싶어 무척 궁금할 테니까요. 저 또한 달 소식을 전해 드리겠습니다. 그는 나의 작품인, 양쪽 새끼손가락에 낀 아주까리 골무를 치켜세웠다.

우리 식구는 거실에서 차를 마신다. 작설차의 씁쓰름한 향이 실핏줄처럼 피어오른다. 남편은 향이 바깥으로 새나가는 걸 막기 위해 코끝으로 음미하고, 나는 조금조금 마신다. 현오와 단비는 홀짝홀짝 들이킨다. 작설차는 피를 맑게 하고 피로를 덜어 준다고, 시삼촌은 해마다 수확한 걸 가져오셨다.

"이번엔 어디로 피서를 떠나죠?"

곧 여름방학이라, 현오는 여행에 관심이 많다.

"덕산으로 가서 열흘쯤 쉬었다 오자."

지리산 아래 마을 덕산은 그가 태어난 곳이었다. 해마다 여름이면 우리 식구가 들르는 곳인데, 지난여름은 그가 담석증을 수술한 탓에 가지 못했다.

"야, 신난다. 천왕봉에도 오르고 가재도 잡아야지."

현오는 환호성을 지르며 아빠 능 뒤에 매달린다. 그는 타고난 등산가이다. 천왕봉을 내 집 드나들듯 해서 발에 지렛

대가 삗었다고 농을 걸기도 했다. 나는 등산보다는 계곡에서 물에 발 담그는 걸, 단비는 물장난 치기를 좋아한다.

"지금도 다슬기가 있을까?"

단비의 눈빛이 무지갯빛으로 아롱진다. 지리산 줄기를 따라 계곡으로 오르면 오를수록 눈에 잡히는 게 다슬기였다.

"그럼. 잡으면 잡을수록 다슬기는 더 많이 몰려든단다. 어디 나를 잡아가 보라는 듯이."

아빠가 다슬기 잡는 흉내를 내자, 단비는 시무룩해진다.

"못살게 군다고 다슬기가 가재에게 나를 물라고 하면 어떡해?"

"이 바보, 내가 당장 가재를 잡아줄 테니 그런 걱정은 마래두."

오빠는 초등학생이고 여동생은 유치원생이다. 두 살 터울인데도 단비는 더 어려 보인다.

현오와 단비가 크레용을 들고 그림을 그린다. 오빠도 여동생도 그림일기는 그 날의 과제이다. 그는 『한국의 전통가옥』이란 책자를 유심히 살핀다. 초가와 장독대, 황토방 등, 생가 복원에 관해서 구체적으로 접근하는 것 같다. 나는 낮에 빨아 말린 옷들을 다림질한다.

"몇 번 이야기 해야 돼. 그림을 그리면 오른쪽이 왼쪽이 되고, 왼쪽이 오른쪽이 된다는 걸 몰라?"

"자꾸만 헷갈리는 걸."

단비가 낯을 찡그린다. 엄마 얼굴을 그리는데 검은 점이 말썽인가 보다. 나는 오른쪽 볼에 난 검은 점을 어루만진다. 단비가 그린 그림에는 왼쪽 볼에 검은 점이 찍혔다. 다시 그려보자꾸나. 남편이 단비를 감싼다.

"오늘의 새 소식은 뭘까?"

나는 현오의 그림일기를 본다. 꽃망울을 터뜨린 봉숭아를 그리고 그 아래에 글씨가 적혔다. '봉선화가 처음 꽃을 피웠습니다. 엄마 입술처럼 붉은 빛깔입니다.'

화분에는 진홍의 꽃이 활짝 피었다. 순간 기쁨을 꽃씨 뿌리듯 하라는 아가씨의 말이 내게 접목되어, 입술이 저절로 벌어진다. 남편은 이미 그 기쁨이 체내에 무르녹은 것 같다.

시삼촌에게서 소포가 부쳐왔다. 두꺼운 포장지에 붉은 노끈을 십자가 모양으로 동여맨 것이다. 노끈을 풀고 포장지를 벗기자, 편지와 앨범이 드러난다.

편지에는 '조카 보게나'로 시작된다. 덕산 일대 개발붐이 일어 토지 값이 치솟았으니 생가를 팔아 목돈을 챙기는 게 나을 법하다는 내용이 적혔다. 이젠 기력도 모자라 농사짓기가 힘에 부치니, 농토를 팔아 그 돈을 은행에 저축하고 이자나 받아 생계를 꾸려가고 싶다는 뜻도 밝히셨다. 그런 이면에는 생가를 팔아 값을 서로 나눠 가지자는 계산도 들었을 것이다. 생가는 조카가 태어난 곳이지만, 나의 태자리이기도 하다고 삼촌은 우리 식구가 덕산에 들르면 입에 올리셨다. 붓글씨로 오자 하나 없이 정성스레 쓴 걸 보면 정이 가다가도, 시삼촌의 저울추를 생각하면 가던 정도 멈추게 한다. 머리가 뒤숭숭한 건 아재비와 조카 사이의 끈끈한 정을, 질부요 아내인 내가 간섭할 수 없다는 막막함이다. 조카는 아재비의 뜻을 거스른 예가 없다. 지리산 명물인 고사리, 취나물, 도라지 등 말린 산나물을 부쳐준다든지, 곶감, 햅쌀, 콩, 작설차에 이르기까지, 삼촌이 부쳐준 건 반드시 그 값에 해당한 자금이나 선물을 치렀다. 어른이 원해서라기보다도 남편이 챙겨 대접하는 게 버릇되었다. 그에 비하면 이웃에 사는 시삼촌의 두 아들은 시골 토지도 부모가 생을 마감하면 자기들 것이 되는 양, 기정사실로 여겼다.

가끔 나는 시아버지가 아들과 며느리에게 베푼 내리사랑

과 삼촌이 조카와 질부에게 보여 주던 애정은 질적으로 다르다는 걸 느끼곤 했다. 그러자니 시부모 없는 곳에 시집온 걸 후회했다. 내가 삼촌의 뜻을 달갑잖게 여긴 건 어떻게 하든지 20평 아파트에서 벗어나 보자는 강한 의지의 표현이었다. 아이들이 자랄수록 방이 두 개 뿐이라 단비에게도 독방을 안겨주지 못한 게 어미로서의 안타까움이었다. 단비가 나이에 비해 더 어려 보인 건, 품에 안고 자야만 하는 주거 환경에도 문제가 있을 터였다. 시골집을 팔아 목돈을 챙긴다면 넓은 집으로 이사 가고, 그 나머지는 은행에 저축해 둬 어려운 일이 생기면 갈팡질팡하지 않을 여유도 지니고 싶다. 건축기사란 직업은 시세를 타서 달마다 월급을 받는 순조로운 삶과는 거리가 멀다.

앨범은 낡고 부피가 작다. 갈색 앨범 첫 장을 펼치자, 초등학교 교정에서 찍은 남아와 여아의 모습이 드러난다. 오래된 흑백사진이다. 남편이 초등학교 졸업식 때 여동생과 함께 찍은 것이다. 사진 아래는 깨알 같은 글씨가 적혔다.

이 세상에서 단 하나뿐인 나만의 오빠.

상체가 남편에게로 기울고 표정 또한 애절하다. 오빠에게 의지하고픈 누이동생의 가냘픔이 배어 나온 듯하다.

나는 다른 날보다 한껏 몸단장해 퇴근한 남편을 맞이한다. 그의 얼굴이 밝지 못하다. 부동산 붐이 바닥이라 사무실에 나가나마나 하다는 사실이 옥죄어도, 한껏 상냥한 표정을 짓는다.

"삼촌에게서 소포가 왔어요."

그는 경대 위에 놓인 편지를 읽고 나서 수화기를 든다.

"보내신 소포는 잘 받았습니다. 건강은 어떠신지요. 혈압이 높으시다면 단 음식은 피하는 게 좋습니다. 요즈음 옥베개가 유행이라던데 구해서 부쳐드리겠습니다."

"해도 너무해. 누구랑 의논했지?"

나는 저쪽에서 듣지 않도록 가만가만한 목소리로 항의한다. 그는 나의 반응은 아랑곳하지 않는다. 경대 위에 놓인 앨범을 손바닥으로 쓰다듬으며 할 말을 한다.

"작은 집도 너무 낡아 폭풍이나 비바람에 무너질 위험이 있으므로 파는 게 어떨는지요. 생가 빈터는 반으로 나누어 하나는 저희 집으로 하고, 하나는 초가에 황토방을 넣어 드릴테니 숙모님과 지내시기엔 괜찮을 듯합니다. 구월 중순쯤이면 새집 짓기 위한 공사에 들어갈 계획입니다. 친구가 시골집을 짓고 남은 재목들을 준다고 하니 공사비는 별로 들지 않을 겁니다."

수화기를 놓고 그는 거실로 나간다.

"집을 짓는 게 보통 어려운 일인 줄 알아?"

나의 입에선 새된 목소리가 튀어나온다. 문제는 목돈이 얼마나 들어가느냐 이다. 더불어 작은댁에서 집을 팔아 얼마나 건축비에 충당하느냐, 결국 그 돈도 두 아들에게 나눠 줄 게 아닌가. 나의 신경이 곤두선다. 시아버지 사랑을 듬뿍 받는 두 동서에 대한 시샘도 걷잡을 수 없이 인다. 햅쌀이나 산나물, 곶감에 이르기까지 부쳐오는 것마다 보상하는 장조카 내외와, 부모가 준 거라고 부담 없이 챙기는 자식과의 관계는 하늘과 땅처럼 거리가 멀어 보인다.

나이가 비슷한 사촌 동서들끼리 가구 하나 들여놓는데도 경쟁심을 일으키는 사이라, 나의 마음이 편할 리 없다. 부모 없이 자란 남매를 건사해 준데 대한 삼촌의 고마움을 잊지 않은 건 나도 수긍한다. 하지만 평생 반려자에게 양해도 구하지 않고 처리하는 그의 독선적인 행위에 화가 치민다.

"부족한 경비는 삼촌께서 집을 팔아 부담하신다고 하니 우리로선 환영해야지."

우리 지갑에서 돈이 지출되지 않은 것만도 다행이라 여

기며, 나는 더 이상 문제 삼지 않기로 한다. 그가 나를 피해 앨범을 들고 거실로 나간 건 또 다른 이유도 있을 것이다.

…… 제 명을 누리지 못하고 간 시누이 사진첩을 올케가 반기지 않을 거라 생각해 이적지 내가 보관했다. 이제 칠 순을 넘기고 보니 마음도 착잡하고 나도 오늘내일로 끝날 목숨이 아닌가 싶어 조카에게 돌려주기로 했네. 현오 어 멈도 그만큼 시집살이했다면 생과 사의 구별을 어느 정도 헤아릴 테니…….

화분마다 꽃이 피었다. 꽃은 진홍, 연분홍, 보라, 하양도 있고, 겹봉숭아와 흩봉숭아도 활짝 피었다.

남편은 바구니를 들고 베란다로 나가 꽃잎을 딴다. 손바 닥 크기의 연노랑 구슬 바구니는 내가 손수 짠 것이다. 그는 청청한 입도 서너 개 따서 바구니에 담는다.

현오와 단비는 소파에 앉아 텔레비전을 본다. 인어공주 가 나오는 만화영화이다. 얼굴은 사람, 몸은 물고기라 인어 공주는 거울을 보며 자신의 아름다운 모습에 취하다가도 사 람답지 않은 자신의 모습이 뜨악해 슬픔에 잠긴다. 왕자를 사모하는 인어공주의 슬프디슬픈 눈동자, 단비가 훌쩍훌쩍

눈물을 쏟는다. 영화와 동화책을 봐도 단비는 쉽게 감동해 눈물 흘린다.

"좀 그만 울래두. 또 눈이 퉁퉁 부어 안과에 가게?"

현오가 여동생을 나무란다.

"눈에 다래끼가 나서 아프다니까."

단비는 휴지로 눈물을 닦고 코도 푼다.

슬픔에 젖은 동그란 눈동자를 지닌 인어공주, 누구를 닮은 것 같다. 어둠에서 더욱 빛을 발하는 슬프디슬픈 눈동자. 그 얼굴이 화면에 클로즈업된 인어공주를 거쳐 단비에게 머문다. 그래, 맞아. 단비는 고모를 닮았잖아. 단비 얼굴에 인옥이 오버랩 된다. 나는 시누이를 보지 못했다. 상상으로 시누이를 그리지만, 구체적인 인상을 떠올릴 순 없다. 고모는 어떻게 생겼을까. 내가 물으면 그는 현오가 나를 닮았듯이 단비는 고모를 닮았다고 했다. 시누이가 병약해 요절한 사실에 접하자, 단비가 고모를 닮았다는 게 무섬증이 인다. 불행 중에서도 요절만큼 된서리 불행도 없을 것이다.

그는 봉숭아 꽃잎을 분마기에 넣어 공이로 찧는다. 물컹해진 꽃잎에선 핏빛보다 진한 붉은 꽃물이 배어 나온다.

"흰 꽃도 찧으면 붉은 빛이 되는 게 이상하다. 마치 뜨거움을 간직한 여인의 가슴처럼."

내가 중얼거리자, 그는 이마에 내려온 머리카락을 쓸어 올린다.

"자연이란 인간이 풀 수 없는 오묘한 거라 할지. 잎도 찧으면 붉은 빛이잖아."

푸른 잎에선 초록빛이, 흰 꽃에선 무채색 빛이 나오기 마련인데도. 자연은 모든 걸 수용한다는 뜻일까.

내가 열 살 때였던가. 숙제를 하기 위해 실험 장치를 꾸몄다. 봉숭아 뿌리를 반으로 잘라, 붉은 잉크와 맑은 물을 담은 걸 따로 다른 유리병 속에 넣고, 나무상자 안에 보관해 두었다. 대여섯 시간이 지나자, 붉은 잉크를 넣은 유리병의 것은 줄기와 잎이 붉게 변했고, 맑은 물을 담은 유리병의 것은 녹색 그대로였다. 이튿날 줄기와 잎을 반으로 잘라보니 역시 속도 마찬가지였다. 나는 자연 학습장에 관찰한 내용을 그림으로 그렸다. 뿌리는 물과 양분을 빨아 들여 줄기와 잎으로 보내기 때문이라고, 공책에 적은 기억이 새롭다.

그는 열 개의 아주까리 골무를 만들어 나의 손톱 위에 얹는다.

"인옥과 나는 빈집에서 우린 너 아니면 안 되고, 나 아니면 안 된다는 고집으로 버텼어. 이 세상에서 오빠만한 남자가 없고, 오빠처럼 정다운 남자가 없다고 여긴 건 인옥이 선천성 심장 질환을 앓은 탓도 있을 게야. 나의 생가 빈터엔 느티나무가 있잖아. 인옥은 유난히 눈이 컸어. 느티나무 그림자가 인옥의 얼굴에 어룽어룽 무늬를 놓으면, 그늘에서도 또렷또렷 드러나던 등불 켠 눈동자가 그리도 매혹적일 수가 없었더랬지. 그 눈 속엔 모든 게 들었달까. 엄마 얼굴도, 유리구슬도, 청빛 하늘도, 아침 햇살도, 노을 진 들녘의 치자빛도. 때론 슬프면서도, 때론 평안해 보이는."

그런 감동이 이는 건 살아있음의 환희와 죽음이란 어두운 그림자가 빛을 발해 쓰러지는, 안쓰러움이 나를 꼼짝 못하게 하는 마력을 지녔달지. 그 눈매를 보고 인옥을 못 견디게 연모한 청년이 있었거든. 난 별로 달갑잖게 여겼단다. 행동이 신실하지 못하고 경박해 제부 감으론 적당하지 않았어. 게다가 인옥은 허약해서 믿음직한 상대를 만나야 한다는 게 나의 바람이었으니. 내가 인도로 외지 근무 나간 사이, 동생은 병약한 몸으로 삼촌의 강권에 못 이겨 그 청년과 결혼했어. 부모도 없이 자란 질녀를 마냥 좋아하는 청년에게 시집보내면 마냥 사랑받을 거라 생각했던 게 잘못이었어. 제부는 신혼의 단꿈에서 벗어나자, 다른 여자에게 눈길 돌렸거든. 인옥도 남편을 오빠 이하로 대했으니 부부 사이에 금이 갈 수밖에.

인옥의 앨범에는 자신의 생애에 가장 기억에 남을 결혼 사진이 하나도 없다. 남긴 게 없다는 건 지우고 싶다는 뜻일 게다. 사진은 거의 오누이의 정다운 모습을 담은 것들이다. 더러 인옥의 독사진도 눈에 잡힌다. 꼬불꼬불한 머릿결이 어깨선까지 내려온 사진 아래는, 처음 미장원으로 가서 파마를 했다. 파마 냄새가 지독해 눈도 아리고 심장이 아파 한동안 불면에 시달렸다, 는 내용이 적혔다. 오빠 대학 졸업식 때 오누이가 나란히 서서 찍은 사진 아래는, 나의 표정이 밝지 못하다. 오빠를 무척 따르는 여대생이 졸업식장에 나타나서 가슴이 찌르듯 아파서였다, 이다. 기댈 언덕은 외지로 떠났는데도 마냥 그리워했음이 앨범 곳곳에 드러난다. 오빠는 언제 돌아올까. 난 오빠 없이는 하루도 견디지 못한다, 라는 내용도 곁들였다.

"결국 인옥은 심장병으로 숨졌어. 마산에서 봉제공장에 다니며 생계를 이어 갔더랬지. 동생의 마지막 소원이 뭔 줄 알아? 열 개의 아주까리 골무를 지니고 싶어 했거든. 동생은 내가 들여 준, 손달을 가슴에 품고 눈을 감았단다."

그는 인옥이 마지막 보낸 편지 내용을 내게 들려준다.

> 오빠, 지금 우리 집 담 아래는 봉숭아가 피었을 거야. 내
> 영혼이라도 훨훨 날아간다면 꽃잎도 따고, 톡 톡 톡, 풍금
> 소리 나게 봉숭아 씨앗도 터뜨릴 텐데…….

여동생의 죽음은 남편에게 깊은 상처를 안겨 준 것 같다.
상처가 깊다는 건 가슴에 못 박힌 아픔이 크다는 뜻일 것이
다. 그의 아픔이 나의 아픔으로 다가온다. 나도 싸하게 가슴
훑었던 아픔을 지녔거든.

나의 고향 동쪽의 골짜기를 관곡冠谷이라 부른다. 예부터
그 골짜기가 갓을 쓴 모양새라, 등성이에 올라 제를 지내고
과거를 보면 합격한다는 전설이 전해져, 선비들의 발걸음이
잦았다고 한다. 그 골짜기 아래엔 일제 때 판 저수지가 있는
데, 사람 잡아먹는 괴물이 숨었다고 소문이 퍼져 밤에는 사
람들이 얼씬 못하는 무시무시한 곳이었다.

그 저수지 아래에 주막이 있었다. 주모는 나의 증조부 때
머슴살이 한 아비의 딸이라 우리 식구를 정성껏 대접했다.

관곡과 그 주위 산은 아버지가 결혼해 제금 나올 당시 유산으로 받은 거였다. 그 아래 밭은 습지였다. 아버지는 그 밭을 머슴들에게 명해 흙을 파내고 논으로 만드셨다. 가뭄이 들어도 관곡 저수지가 마르지 않아 물줄기가 그 논으로 흘러들어 농사가 잘 될 줄 여기셨다. 하지만 박토라 벼가 익어갈 무렵엔 말라버려 헛농사가 되었다. 살림이 기울어 아버지가 관곡과 그 주위 산은 팔되 논은 팔지 못하셨다. 버려둔 논에 주모가 시금치나 파, 봉숭아를 심어서였다. 동네 아낙들도 주막으로 마실 나가 손톱에 봉숭아 꽃물들이기를 즐겼기 때문이었다. 팔아 봤자, 목돈이 될 리도 없었다. 주막 서쪽은 빨래터가 있어, 더욱 아낙들의 발길이 잦았다. 봉숭아 씨앗이 바람에 날려서인지, 그 논 둘레에도 봉숭아가 지천으로 피었다. 어지럼병과 피부병, 자궁병에도 효과가 있다며, 우리 동네 여인들은 봉숭아 꽃물들이기를 즐겼다.

아버지가 강에 뱃놀이 나가시면 나도 따랐다. 엄마가 마련해 준 과일주와 안주가 든 보자기를 들고는. 아버지는 잉어나 붕어를 낚기도 하시고, 이백과 두보의 시를 읊조려 외동딸에게 시심도 일깨우셨다. 여름이면 봉숭아꽃을 준비해 딸의 손톱에 봉숭아 꽃물도 들여 주셨다.

빨래터에선 아낙들이 씻어 헹궈 나뭇가지에 널어둔 빨래들이 바람에 팔랑거렸다. 나는 행여 아주까리 골무가 흐트러질까 봐 몸을 사리며 발로 물장구치거나 하늘 나는 백로들을 향해 손을 흔들었다. 동녘에 보름달이 둥실 떠오르면 아버지는 술잔을 기울이셨다.

하늘에도 달, 강물 속에도 달, 술잔에도 달, 너의 손에도 달이 떴구나. 하시며, 시심에 젖으셨다. 달이 뜨면 지게 마련인지, 꽃물 든 나의 긴 손톱을 깎아내면 하현달이 지고, 나의 손톱엔 연분홍 초생달이 떠올랐다. 그걸 보고 아버지는, 얘야, 하늘의 달을 내 손에 지닌다는 건 자연과 벗하는 거란다. 그러니 조그마한 것에도 행복이 깃들므로 경하게 여기지 말라는 하늘의 뜻 아니겠나, 하셨다. 살아가노라면 슬픔도 나의 몫이고 기쁨도 나의 몫이란다. 하늘에 뜬 달만 아름답다 여기지 말고, 내 손에 뜬 달도 아름다움이 깃듦을 깨닫는 삶이라면, 어느 날엔 정녕 나의 삶이 곧 아름다움이란 걸 가슴에 품게 된단다. 잠언도 들려주셨다.

열 개의 아주까리 골무를 떼어 내자, 나의 손톱엔 열 개의 보름달이 떴다. 애벌로도 달이 또렷해 다시 꽃물을 들이

지 않아도 되었다. 손달을 보면 나는 아버지가 보고파 가슴이 저려온다. 인옥을 생각하면 뼈마디가 쑤신다는 남편도 나와 같은 심정이리라. 우리 부부는 동병상련에서 잉태된 겹봉숭아인지도 모른다.

햇빛 환한 오후, 남편은 거실에서 누렇게 변한 집문서를 살핀다.

"아이들이 자라면 우리는 시골에서 살자."

나도 시골에서 사는 걸 마다하지 않을 것이다. 언제 마련했는지 생가 설계도가 집문서 곁에 놓였다. 집은 황토로 지은 초가이고, 토담 옆엔 느티나무가 우뚝 서서 그늘을 드리운다.

"느티나무 그림자가 인옥의 얼굴에 어룽어룽 무늬를 놓으면, 그늘에서도 또렷또렷 드러나는 등불 켠 눈동자."

그 눈동자가 되살아난 듯 남편의 얼굴이 밝다.

"생수에 발 담그고 수박을 먹으면 이가 시리겠지. 초가지붕엔 박이 주렁주렁 열리고, 뒤란에는 고추를 심을 거야."

"오종종 매달린 열매를 건드리면 톡, 톡, 톡, 풍금 소리 내며 봉숭아 씨앗이 떨어지겠지."

아빠와 엄마가 동화를 엮으며 미래를 꿈꾸는 것도 모르는 양, 현오와 단비는 베란다에서 소꿉놀이 한다.

"손이 심심하단 말이야. 얼른 봉숭아 꽃물 들여 줘."

"달맞이하게?"

여동생의 청을 현오는 어른스레 받아넘긴다.

"아이들의 태자리는 천생 이씨 가문 울타린 게 분명해."

"외가 내력을 닮진 않았구."

남편과 나는 남매의 정다운 놀이를 방해하지 않기 위해 슬그머니 밖으로 나온다.

내 사랑 몽유도원도

1

동산에는 복사꽃들이 눈부시게 피었단다. 산들바람에 복사꽃들이 꽃비처럼 내리고, 나는 구름 위를 걷듯 꽃길을 걸었더란다. 꽃길 따라 위로 오르니 복사나무마다 복숭아가 주렁주렁 열려 있지 뭐냐. 그 중에서 눈에 쏙 들어온 때깔 좋은 걸 따서 가슴에 품는데, 전화벨 소리에 깨어나니 꿈이었단다.

엄마는 딸에게 태몽을 꿈결인 양 들려주었다.

2

인왕산 자락을 휘감아 돌던 안개가 아침 햇살로 자취를 감춘다.

'오솔길 따라 걸으면 부암동이 내 품안에'

담 벽에 붙은 팻말이 말간 얼굴로 길손을 반긴다. 은초는 인감도장 찍듯 낯익은 골목길을 걷는다. 집집마다 감나무, 복숭아나무들이 담장 밖으로 가지를 뻗어, 잎들이 길손의 머리를 빗질한다. 예나 다름없이 안뜰에 들어선 듯 안온함이 은초의 피부를 감싸고돈다. 은초는 적벽돌집 앞에서 걸음을 멈추고는, 풋복숭아를 따서 손아귀에 쥐고 발길을 옮긴다. 저만치 돌담 긴 뜰에서 내려다보던 파파노인이 길손을 알아본다.

"이태주 손녀 아니신가."

은초는 조부보다도 아버지가 더 가까이 느껴지는데도, 노인은 상대방의 조부를 더 기억한다. 노인은 손님을 돌담 뜰로 이끈다. 뜰에는 등 굽은 소나무가 푸르고 감나무에는 풋감이, 복숭아나무엔 풋복숭아가 오롱조롱 달렸다.

"올해는 과일도 풍년이고 벼도 잘 자라 팔월이면 오례쌀도 먹을 수 있다더군."

노인의 눈빛이 해맑다.

"그 햇밥이 먹고 싶어 얼마나 그리워했게요."

필히 노인은 시골 친척에게 부탁해 빚어 온 오례송편과
저 감나무에 열린 대봉도 따서 이웃에게 선물할 것이다. 부
암동 주민들을 자주 그 뜰로 초대해 잔치를 베푸는 것도 빼
놓을 수 없는 노인의 덕목이었다. 그이들은 부암동 토박이
노인을 유백 어른이라 부르며 따른다. 삼십 여 평의 청기와
한옥에 비하면 뜰은 엄청 넓다. 뜰에는 접시꽃, 채송화, 달
리아, 봉숭아, 각시패랭이가 활짝 피어 눈이 부신다. 뜰 서
북쪽에는 참외와 수박덩굴이 땅 위에서 배밀이 하고, 상추
와 쑥갓이 풋풋하게 키 재기한다.

"내가 팔순잔치를 치른 지 엊그제 같은데, 벌써 연필 한
다스 해가 지났군."

노인은 당신의 나이에 초점을 맞추고는 서른여섯이군,
하며 은초의 나이를 헤아린다.

"전 아직 시집도 못 간 얼치긴 걸요."

은초의 목소리가 허공을 맴돈다.

"영국으로 유학 갔다던데, 안태본을 잊어서야 되나."

노인의 애정 깃든 나무람이다.

뜰 서쪽의 원두막에는 박 넝쿨이 줄을 타고 초가지붕으로 기어오른다. 그들이 원두막 안으로 들어가자, 정원수 아내가 두레상을 들고 온다. 현미죽과 상추 졸임, 파간장이 놓인 조촐한 상이다. 흰 옥양목 바지저고리를 입은 노인의 등 뒤에는 참새들이 노닥거린다. 월남전에서 외아들을 잃고 그 후유증으로 아내마저 잃어 항상 흰옷 입기를 고집한다던가. 수저를 들다말고 유백 어른이 목소리를 높인다.

"엊그제는 다다미 양도 다녀갔어."

3

느티나무 아래서 반주개미 놀이하는 소꿉동무의 머리 위로 햇빛이 밝게 빛났다. 나무토막으로 집을 짓고 유리조각으로 풀잎을 으깨 먹이를 만드는 놀이였다. 은초는 색동치마저고리에 무지갯빛 코신을 신고, 다다미는 연분홍 하오리에 게다를 신은 차림새였다.

"저 나무를 뭐라 부르게?"

은초가 돌층계 서남쪽의 느티나무를 턱짓했다.

"연리목. 몸뚱이는 하난데 나무는 두 그루잖아. 너랑 나도 연리목이면 좋겠네."

다다미가 은초의 허리를 껴안았다.

은초는 느티나무 옆의 큰 나무를 손짓했다.

"저 나무는?"

"떡갈나무잖아. 우리 일본 사람들은 저 잎으로 떡을 쪄 먹는데 '가시와 떡'이라 부르거든. 울 엄마는 떡갈나무라 부르는 것도 떡을 싸서 쪄 먹는 잎이라 그런다나."

은초는 고개를 가로저었다.

"아냐. 상수리나무야. 임금님의 수라상에 오른 도토리란 뜻이래."

"어느 임금인데?"

"선조대왕."

"선조가 무슨 대왕이니? 임진왜란 때 우리 일본 병사들에게 쫓긴 병신 왕이잖아."

은초는 다다미의 거친 반응이 싫어도, 전교 일등 하는 데다 아빠가 주일 대사관의 고급 관리라 그냥 흘려듣곤 했다. 더구나 하오리, 게다, 우단책가방 등 일본 냄새가 물씬 풍긴 데 대한 동경도 일었다. 무엇보다도 상큼한 인상을 풍기는 예쁘장한 아이였다. 그래도 다른 학우들은 왜놈 딸이고 육손이라 가까이 하기를 꺼렸다. 임진왜란 당시 선조대왕이 피난 중일 때였다. 궁녀들이 반찬을 구할 수 없어 상수리나무에서 딴 도토리로 묵을 만들어 진상했다. 그걸 선조대왕이 즐겨 먹었다던 내용을 은초는 들추지 못했다.

"우리 저 나무 위로 오르자구나."

은초의 뜻에 따라 두 죽마고우는 그 나무에 올라 잎을 따서 내려오다 엉덩방아를 찧었다. 은초는 엉덩이가 아팠어도 참았지만, 다다미는 울음보를 터뜨렸다.

"너무 아프단 말이야, 이게."

다다미의 덧난 양쪽 손가락엔 사금파리에 찔러 피가 흘러내렸다.

"괜찮아, 이걸로 싸매면 되잖아."

은초는 목을 감쌌던 손수건을 반으로 찢어 다다미의 덧난 양쪽 손가락을 싸맸다.

"네 손가락도 이 잎사귀도 다섯 갠데 난 왜 육손일까. 손가락이 여섯 개는 불구래. 숙희는 언청이라 불구고 철수는 턱에 혹이 나서 그렇고. 나아안 불구구가 싫단 말이야."

다다미는 덧난 양 손가락을 이빨로 깨물고는 앙앙거렸다.

4

원두막 기둥에는 그림 액자가 걸렸다. 얼룩말이 머리에 꽃다발을 이고 입에는 꽃송이를 문 장면이다.

"인사동 화랑에서 얻은 포스트야."

유백 어른이 들려준다.

"선인들의 시와 옛 그림이라면 더욱 운치가 있을 텐데요."

노인은 네 개의 원두막 기둥에 무얼 붙이거나 액자를 걸어두곤 했다. 조선백자, 고려청자, 반닫이, 농 등의 사진들도, 선인들이 지은 시를 당신이 붓글씨로 쓴 것들이었다.

"저걸 보게나."

노인은 원두막 북쪽의 뜰 귀퉁이를 손짓한다.

"정확히 복숭아나무가 열 그루군요."

"아무렴. '몽유도원도'의 텃밭에 복사꽃이 무릉도원을 이루게 해야지. 인왕산 굽이마다 복사나무들이 잘도 자란다네. 잎보다 꽃이 먼저 피는 건 보다 나은 열매를 맺기 위한 몸부림 아니겠나."

노인의 입술이 촉촉하다.

"열매가 많이 열려 올해도 풍년이겠군요."

은초는 풍년을 새삼 강조하며 바지주머니에 든 풋복숭아를 꺼낸다.

"저희집에 있던 걸 땄어요."

그 집은 은초가 영국 유학길에 오르기 전, 친척에게 세들게 했으나, 얼마 전 내보내고 수리공들이 낡은 곳은 때우고 페인트칠과 도배를 새로이 했다.

"해마다 강남 갔던 제비들이 돌아오듯이, 부암동에서 자란 사람들도 외지로 떠났다 다시 부암동으로 되돌아오더군. 다다미 양도 옛집 터에 황토방을 짓는다네."

노인이 이빨을 드러내며 웃는다.

다다미네 집은 유백 어른의 집 서쪽 길 건너편에 자리 잡은 적산가옥이었다. 다다미네 집과 은초네 집 중간쯤에 유백 어른의 집이 있는 셈이었다. 그 적산가옥은 주일대사관 관사였다. 그 대사관에 근무하던 다다미 아빠가 가족과 함께 사는 건 당연할 텐데도 부암동 주민들의 거부반응은 엄청 컸다. 그 적산가옥은 일정 당시 민황후 살해범을 조종한 일본 관리 별장 자리라 더욱 그랬다. 부암동에는 대원군 별장 '석파정', 안평대군 별장 '무계정사' 터, 그 앞에는 빙허 선생의 집터도 있어, 길손들의 발걸음을 멈추게 한다.

5

사과껍질 깎는 은초와 다다미의 손놀림이 바쁘게 움직였다. 가사선생은 지난 주일에 본 '몽유도원도'를 주제로, 이 세상에서 제일 맛있는 요리를 만들 거랬다. 몽유도원도를 보기 위해 은초네 고교생들이 호암갤러리로 가서 단체 관람했던 것이다. 그날 이후, 미술시간에는 그 그림 그리기, 국어시간에도 그 그림을 주제로 글짓기 대회가 열렸다. 이른바 몽유도원도의 선풍이 일었다. 안평대군에게 도원의 꿈꾼 내용을 듣고 안견 화원이 사흘 만에 완성한 거라구? 권력이 따로 없고 천재가 신들리듯 붓을 놀리면 무릉도원이로고. 학우들은 왕자의 명령이 하늘을 찌른다느니, 안견 화원을 천재의 반열에 올리며 시를 짓거나 그 그림을 그리곤 했다.

"몽유도원도가 왜 일본에 있는 거지? 우리 거잖아."

은초는 사과껍질을 반쯤 깎는데 그 껍질이 떨어졌지만, 다다미는 사과꼭지에서 밑구멍까지 매끈하게 깎고는 입을 앙다물었다.

"것도 몰라?"

다다미는 가방 속에 든 신문 쪽지를 꺼내 펼쳤다. 독도를 두고 한국과 일본 학자들이 서로 우리 국토라고 팽팽히 맞선 내용이었다.

"예를 들면 난 분명 한국 사람 아닌 일본 국민이잖아. 내 이름은 이은초가 아닌 이시하라 다다미거든. 몽유도원도도 독도도, 너네들에게 결코 양보할 수 없대두."

다다미의 반응은 '우리'라는 정겨운 이웃을 저어하고, 너랑 나는 국적이 다른 타인임을 명백히 선언한 도전장이었다. 은초도 참 안 됐다는 표정을 짓고는 응수했다.

"대한민국 국민들은 몽유도원도도 독도도 결코 너네들에게 양보 못해. 왜냐면 몽유도원도 분명 대한민국 국보이고 독도도 분명 대한민국 국토이거든. 어찌 넌 일본 국기를 가슴에 품으면 붉은 동그라미의 반은 청색으로 변할 텐데 목청 높이다니."

다다미는 한국인 엄마랑 일본인 아빠 사이에서 태어난

혼혈아였다.

"얜, 독도는 우리 일본 국민들과 너네 한국 사람들끼리 아직도 논쟁을 거듭해 딱 부러지게 결말이 안 난 거잖아. 몽유도원도야 이미 덴리대학 소장품이라 일본 소유가 됐는데 무슨 잔소리니."

다다미의 독침에도 은초는 오뚝이 눈초리로 맞섰다.

"절대 아냐, 결단코. 우리 대한민국의 영원한 국보인 걸."

가사선생은 호두를 방망이로 두드려 껍질을 깨트리곤 삶의 진수도 곁들였다.

인간이 살아가는 덴 복숭아껍질 베끼기와 사과껍질 깎는 것, 호두껍데기 깨는 것으로 구분한단다. 복숭아 껍질은 얇아 손톱으로 베끼고, 사과 껍질은 칼로 깎아야 하고, 호두는 방망이로 두드려야만 속살이 드러난단다. 가사선생은 요리 솜씨 못잖게 입담도 좋았다. 일테면 인생살이란 손쉽게 일이 풀리는 거와 도마 위에 올려 칼질해야 하는 것도, 이렇듯 방망이를 두드려 깨어 부수어야만 끝장 보는 것도 있거든.

6

옥스퍼드대학 강당에는 고고미술사학 수강생들이 모여들었다. 초청된 명사는 중국의 주명학 박사, 대한민국의 안백순 박사이고, 사회자는 그 대학의 알렉산더 레넌 교수였다. 그 외에 수강생들 중에서 중국의 채근묵, 일본의 사토 히데오, 이집트의 데라 하마디, 대한민국의 이은초가 질문자로 선정되었다. 토의 제목은 〈조춘도와 몽유도원도의 비교 관찰〉이었다.

먼저 알렉산더 교수가 두 명사를 소개했다.

"주명학 박사님은 『조춘도에 나타난 봄의 정경』을 지은 분으로 그 그림에 관해선 타의 추종을 불허하십니다. 안백순 박사님은 『몽유도원도와 인간이 누리는 삶』을 지은 분으로 역시 그 그림에 대해선 만인의 추종을 받습니다. 두 분을 모시고 조춘도와 몽유도원도에 대한 폭 넓은 이해와 뜻 깊은 안목을 지니신다면 더할 나위 없는 보람이겠습니다."

강대상 양쪽 벽에 설치된 텔레비전 화면에 조춘도와 몽유도원도의 전면을 비추고 나자, 사화자의 설명이 뒤따랐다.

"몽유도원도는 도연명의 「도화원기桃花源記」를 바탕으로

이상향의 세계를 담았습니다. 조춘도 역시 그 유사성을 엿볼 겁니다. 다시 말씀 드리면 인간이 꿈꾸며 도달하고자 하는 무릉도원을 그렸으며 그런 예가 산수화의 묘미지요. 먼저 주명학 박사님의 명쾌한 해설을 부탁드립니다."

주명학 박사가 바튼 기침 하고 나서, 입술에 힘을 실었다.

"중국 시화 역사를 요약하면, 시는 당에서 끝나고 회화는 송에서 완성된다는 게 정설로 이어져 왔습니다. 당대의 이백, 두보, 왕유가 시를 노래했다면, 송대의 이성과 곽희가 산수화로 절정을 이뤘지요. 조춘도를 그린 곽희는 북송의 신종 때 궁정화사였습니다. 스승 이성의 영향을 받아 다른 명화들을 섭렵해, 그 장점들을 되살려 산천자연을 예민한 감각으로 묘사했습니다. 스승과 제자가 화북산수를 집대성했다 하여 그들 성씨를 따서 '이곽파'라 불립니다."

해설자가 잠시 뜸들이자, 알렉산더 교수가 본론으로 이끌었다. 소동파가 저 그림에 감동받아 시를 읊었지요. '흰 물결 푸른 산봉우리, 인간 세상 아니네.' 곽희와 동시대의 소동파가 적벽부를 지은 건 1082년입니다. 조춘도는 그 보다도 십년 앞선 1072년, 곽희가 70세 때였죠. 서양의 미켈란젤로가 '천지창조'를 그릴 때보다도 400여 년 앞선 그림입니다.

"먼저 그림을 감상하려면 그 시대의 배경을 알아야만 안목을 넓히지요. 곽희가 그 그림을 그렸던 시기는 신종이 왕안석을 등용해 나라 개혁의 기운이 절정에 이르러 신법을 시행 했을 때였습니다. 신종은 곽희에게 궁궐 벽화와 병풍을 그리게 했습니다. 그건 신종이 꿈꾼 이상향을 대변한 것입니다. 그 이상향은 무릉도원과 일맥상통한 거고요."

그럼 조춘도를 살펴볼까요. 추운 겨울, 얼었던 아이 몸을 품에 안고 녹이는 어미의 모습이랄까요. 이른 봄, 잔설이 녹고 대지가 깨어나면서 초목이 가지를 뻗는 정경입니다. 가까운 거리의 언덕에서 시작해 중경을 거쳐 후경에 이르기까지 산들이 지그재그로 용틀임하듯 합니다. 일테면 자연이 율동하고 있달까요. 황토지대의 전형적인 토산인데 잎이 없는 나무가 살아 움직이는 듯 기묘한 화법이지 않습니까.

주명학 박사가 쉼을 고르는 사이, 텔레비전 화면에 맞춰 해설자가 주를 달았다.

산을 뭉게뭉게 피어나는 구름 같은 형상은 운두준법雲頭皴法이란 필법입니다. 그게 곽희 산수화의 특징입니다. 그림 중앙의 나무는 게 발톱 같아 해조묘법蟹爪描法이라 부르지요.

그에 발맞춰 주명학 박사가 해설에 윤기를 더했다.

"저 그림에서 보이듯 높은 산의 고원을 나타내는 건 북송 산수화의 특징이며, 인간이 다다르고자 하는 희망을 뜻합니다. 인간이 노닐만한 곳, 살만한 곳이야말로 낙원이고 무릉도원이지요. 무릇 무릉도원은 인간 세상을 초월한 게 아닙니다. 우리가 사는 곳이지요. 웅장한 산세에 비해 인간이 보일 듯 말 듯 그려진 건 자연의 위대함과 인간의 나약함을 일깨우는 묘미거든요. 그 게 조춘도의 멋이요 매력이지 않습니까."

뒤이어 텔레비전 화면에선 몽유도원도를 비췄다. 해설자가 태조의 조선 건국과 왕자들의 난 등 국내외 혼란을 극복하고, 세종대왕이 등극해 한글 창제, 측우기를 발명한 내용 등을 곁들였다.

안백순 박사도 입술에 힘을 실었다.

"안견이 그린 몽유도원도는 세종대왕이 덕치를 이루고자 하던 이상향의 금봉이라 할까요. 세종대왕도 안견의 심미안에 감복해 궁중 회사를 그리게 했고, 벼슬까지 내리셨습니다. 몽유도원도는 안견이 안평대군에게 꿈꾼 내용을 듣고

1447년 4월 20일에 시작해 사흘 만에 그린 거라고 알려졌고 요. 안평대군은 세종대왕 셋째아들로 그 당시 예단을 이끈 총책임자였습니다. 고미술에는 탁월한 감식안과 애정을 지 녔지요. 더욱이 서예는 천하제일 신봉이라고, 중국 사신들 이 안평대군 글씨를 얻어 가는 걸 영광으로 여길 정도였죠. 안평대군은 명유문사들과 더불어 자주 시회를 열었고, 고서 화를 모으는 게 취미였으며, 무엇보다도 안견을 사랑한 도 타운 후원자였습니다."

텔레비전에서는 안평대군이 소장했던 고서화 소장 내용 이 적힌 도표를 내레이터가 읽었다. 중국 작품으로는 고개 지, 오도자, 왕유, 조맹부 등 200여 점이었고, 그 중에 곽희 의 작품만도 17점이라는 걸.

그러자 와아, 청중들의 탄성이 장내를 울렸다.

안견의 그림은 몽유도원도를 제한 30여 점이었다. 조선 화원들 중에 유일하게 안견의 그림만 소장했다.

메디치가의 후원이 있었기에 미켈란젤로 같은 대가들이 르네상스 부흥을 일구었듯이, 안평대군의 후원이 있었기에 안견이 그 많은 명화를 그렸다는 것도.

"다음은 몽유도원도에 대한 저의 견해를 밝히겠습니다.

첫째, 구성과 구도가 특이합니다. 현실세계의 야산과 도원세계로 이어진, 바위산이 갈라진 왼쪽 하단부에서부터 전개되어 오른쪽 상단부로 대각선을 따라 전개되는 구성은 대한민국, 중국, 일본의 화화를 통해 유일하다는 점입니다. 동양화는 오른쪽에서 왼쪽으로 전개되는 게 관례인데도. 그리고 왼쪽 하단부에서 시작해 오른쪽 상단부에서 절정을 이룬 대각선의 전개가 분리된 듯한 4개의 경군을 꿰어주는, 시각적 연계가 화면 전체를 조화롭게 이어주는 것도 비범의 경지라는 점입니다.

둘째, 시서화가 어우러진 종합예술이란 점입니다. 안평대군의 제찬과 제시가 써졌고, 찬시문은 정인지, 김종서, 성삼문, 신숙주, 박팽년, 서거정 등, 오백 년이 더 지난 지금, 그 당시 21명의 명유문사들처럼 자필로 시를 지어 예찬한 그림이 세계 어느 나라에도 그 유례를 찾을 수 없고요.

셋째, 동양적 유토피아를 웅장한 화풍과 섬세함, 조화의 극치가 아우러진 비범한 솜씨란 점입니다. 이 그림의 절정을 이루는 건 복사꽃 마을입니다. 복사꽃잎은 빨강과 연분홍으로, 화심은 노랑과 금채로 돋보이게 했습니다. 게다가 낮은 야산은 정면으로 본 시각으로 그렸지만 복사꽃이 만발

한 오른쪽은 부감법으로 그려, 한 그림 속에 두 개의 시선이 함께 들어 있어, 섬세한 배치가 돋보이지요."

텔레비전 화면에는 그 복사꽃마을을 확대해 보여주며, 내레이터의 설명이 뒤따랐다. 부감법이란 높은 곳에서 아래로 내려다보는 화법으로 그린 거며, 새가 높이 날며 이래 먹잇감을 내려다보는 기법인데 조감도법이라 부른다는 것도.

"넷째는 북송의 곽희 화풍, 남송의 원체화풍, 명대의 절파화풍을 수용하되, 그것들의 요점을 파악해 조선화풍을 창출했습니다. 그리하여 일본 무로마치 시대의 수묵화에 지대한 영향을 미쳤다는 점입니다. 그런 예는 안평대군이 소장한 그림들을 감상하고 그 강점을 터득하는데 적잖은 도움이 되었을 겁니다. 안견의 전칭 '사시팔경도' 중의 '늦은 봄'과 일본 슈우분 전칭 '죽재독서도竹齋讀書圖'를 비교해 봐도 유사성을 발견할 겝니다."

화면이 그 두 그림을 비추고 나자, 사회자의 호칭에 따라 먼저 질문자로 채근묵이 마이크를 들었다.

"조춘도는 소동파 시인의 칭송도 칭송이지만 건륭황제의 찬시도 있거든요. '피어나는 기운으로 산에 봄이 왔음을 알겠네.' 근데 안평대군이 어떻게 우리 중화민국 고미술에서 내노라 할 분들의 고서화를 그리도 많이 수집했을까요? 더욱이 곽희 화사의 작품들도. 아무리 왕자일지언정 그 당시에도 그런 진품들은 값이 엄청 비쌌을 텐데."

"안평대군이 지기들에게 고백하기를 '나는 이것들을 모으는 게 병이라고' 고백할 정도로 고서화 수집에 집착했고요. 세종대왕도 〈난죽팔폭〉을 그려 신하에게 하사할 정도로 그림에 조예가 깊어 암암리에 아들을 돕지 않았나 싶습니다. 중국 사신들이 안평대군 글씨를 구하기 위해 그 그림들과 바꿔치기 했을 가능성도 있고요,"

안백순 박사가 답하자, 조근묵이 섣불리 제안했다.

"곽희 화원의 작품들은 중화민국 국보로 모실 만큼 특품일 테죠. 그러므로 우리 중화민국 부자들이 사들여 정부에 기증함이 마땅하오리다."

"유감스럽게도 그 진품들이 현재 전하는 게 하나도 없으니 어쩝니까. 안견의 그 많은 그림도 유일하게 전해지는 게 몽유도원도뿐이지요. 전칭 작품이 몇 있지만."

"이젠 저 두 그림을 비교해 볼까요?"

사회자가 본론으로 유도하자, 데라 하마디가 마이크를 잡았다.

"두 그림의 크기에서 드러나듯이, 몽유도원도는 시첩에 그려진 거니 소품이고, 조춘도는 대작이거든요. 세칭 일컫 듯이 차이나는 대국이요, 코리아는 소국이란 감이 듭니다."

화면에는 몽유도원도가 견본담채 37.8×106.5cm이고, 조춘도는 견본담채 158×108.5cm이라는 글자와 더불어 두 그림이 한 화면을 차지해 그런 사실을 증명하는 듯했다.

"국토가 좁아 '반도 삼천리'란 애칭으로 불리지만, 그림 의 모양이 속이 꽉 들어찬 알토란답게 짜임새가 빈틈없지 않습니까."

이은초가 반론을 제기하고는 덧붙였다.

"대작과 시서화 삼봉이 아우러진 시첩의 차이점도 있겠 지요. 그림이 확실성을 띄면서도 환상의 세계로 이끄는 묘 미가 무르녹아, 도화원기의 완성 아닌지요."

"뉴욕대학에서 이태 동안 공부하면서 아메리카 고고학자 들을 만났는데, 조춘도는 널리 알려져도 몽유도원도는 별로 알려진 게 없더라구요."

채근묵이 어깨를 으쓱했다.

"그게 나라 잃은 치욕의 후유증 아니겠습니까. 저기 보이 는 '계산추제도溪山秋霽圖'도 곽희 화사의 전칭인데, 미국 프리어 갤러리에 소장 되었고, 조춘도도 대만 고궁박물원에 소장 돼 관람자들의 눈을 시원히 뚫어 주잖습니까. 몽유도원도는 일본 덴리대학 중앙도서관에 소장 되어, 안전을 위해서라며 일반인들에게 공개되는 예가 극히 드물거든요. 대한민국에 전시된 것도 1986년, 1996년, 2009년, 세 번입니다. 세칭 꼭꼭 숨어라 이니, 세상에 덜 알려질 수밖에요."

사토 히데오도 마이크를 들었다.

"시집살이가 엄격해 친정 나들이가 쉽지 않았나 보군요."

장내에 웃음이 퍼지자, 이은초가 반기를 들었다.

"대한민국이 언제 초 국보급을 시집보냈습니까? 저 명화가 어떻게 일본으로 갔으며 더욱이 일본의 국보로 지정되기까지 했고, 그 시기는 언제였을까요?"

"저 그림이 언제 일본으로 가게 되었는지는 오리무중입니다. 아마도 계유정난이 일어나 안평대군이 수양대군에게 서리당해 귀양 가서 처형당하자, 그의 소장품들이 불태워졌거나 흩어지게 되었을 테고요."

그로부터 세월이 흘러 1800년 대 말에 일본 가고시마에서 발견됐다는 소문이 일어도 노무지 알 수 없습니다. 그림이 신품이고 보니, 신품은 누구에게도 신품으로 대접받는 게 아니겠습니까. 일제 때 저 그림을 일본인이 소장했다는 걸 알고 조선총독부와 이왕직 인사들이 돌려달라고 했지만 누누이 거절당했다는 것만이 알려졌을 뿐입니다. 한일합방 이후 저 그림이 일본인들끼리 여러 차례 사고 팔리기도 했습니다. 1933년 일본의 중요미술품으로 지정되었고. 일본 학계에 알려져 논문이 나오고 보니, 그 진가를 알고 그 후에 일본 국보로도 지정되었지요. 조선의 해방과 더불어 일본 측에서도 더 이상 국보로 모실 순 없었던 모양입디다."

인백순 박사의 설명이 끝나자, 사토 히데오가 배를 내밀었다.

"그러고 보니 어찌 우리 일본 사람들이 조선의 명품을 노략질한 감이 드는데, 입맛이 씁니다."

"입맛만 쓰다면 그 쓴맛은 현해탄에 날려 보내면 되지만, 초 국보급을 잃은 우리 대한민국 국민들의 가슴앓이는 그 어떤 처방도 약효가 되진 못할 겁니다."

이은초의 항의에 사토 히데오가 눙쳤다.

"달리 약효가 될 처방은?"

"대한민국 거니까 당연히 그 신품을 되돌려 받아야지요. 임진왜란과 일제통치시대 등 우리 대한민국 수난사를 통해 일본인들이 우리의 명품들을 좀 많이 수탈해 갔습니까. 대한민국의 그 초 국보급도 임진왜란 당시 일본인들이 탈취해 갔다는 중론이 국내 외 양식 있는 분들 사이에 분분이 일거든요."

데라 하마디가 일어나서 강론을 펼쳤다.

"옳은 말씀. 그 나라 유품은 그 나라에 돌려주자는 안이 국제법에 통과 된다면 얼마나 통쾌하겠습니까. 우리 이집트의 문화재들도 도난당해 해외로 빠져 나간 게 하고많지요., 카푸라 왕 스핑크스 턱수염도 대영박물관에 전시 돼 그걸 관람할 때마다 분통이 터진다구요. 그 스핑크스 코가 터키 군인들에게 사격 받아 허물어져 냄새도 못 맡는다. 턱수염마저 대영박물관으로 왕림하셨으니 헛기침도 못하므로 이집트의 영화도 달아나 후진국으로 전락했다, 등, 이집트 학자들의 탄식이 진하게 가슴에 와 닿지 뭡니까."

청중들의 웃음이 터져, 장내가 소란해졌다.

"여긴 논쟁 자리가 아니니, 그쯤 해 두시고, 이제부턴 조춘도와 몽유도원도를 비교 관찰해 봐야겠지요."

사회자가 유연하게 이끌었다.

6

世間何處夢挑源
  이 세상 어느 곳이 꿈꾼 도원인가
野服山冠尙宛然
  은자의 옷차림새 아직도 눈에 선하거늘
著畫看來定好事
  그림 그린 걸 보니 참으로 좋구나
自多千載擬相傳
  여러 천년을 이대로 전해 봄직 않은가
後三年正月一夜
  삼년 뒤 정월 초하루 밤에
在致知亭因披閱有作
  치지정에서 다시 이를 펼쳐 보고 짓노라

어느 새 유백 어른이 액자를 원두막 북쪽 기둥에 걸어둔다. 안평대군의 몽유도원도 제시題詩를 노인이 손수 쓰고 풀이한 내용이다. 이어 몽유도원도를 크게 복사한 플래카드를 복숭아나무 사이에도 건다. 비단 바탕에 진품을 확대한 건데, 미풍에 하늘하늘 거린다. 책자에 인쇄된 걸 오려 액자에 넣어 걸어두던 예전의 몽유도원도가 아니어서 생동감마저

인다.

　은초가 처음 몽유도원도를 본 건 12세 때였다. 조부와 아빠랑 함께. 경복궁 뜰에 핀 백일홍이 선연히 떠오르는 걸 보면 여름일 게다. 오전이라 그런지 사람들이 별로 많지 않아 곧바로 전시실로 들어가서 진품 그림을 봤다. 이어 고궁의 구내식당에서 점심을 들고 다시 진품을 봐도 창경원 동물원에 가자고 투정을 부리지 않았다. 아빠 서재 벽에도 그 그림 액자가 걸려 낯익기도 하려니와, 박물관의 진열장에 든 진품을 보기 위해 아빠가 마련해 준 어린이용 부엉이 망원경을 쓰고 보는데 대한 경이로움이었을 것이다. 그날 돋보기를 들고 요모조모 살피던 조부의 표정이 샛노랗게 질렸다. 그리하여 그들은 서둘러 경복궁을 빠져나왔다.

　원두막에서 벗어나 서쪽 담 곁에 서면 인왕산이 바로 코앞인 듯 가까이 느껴진다. 숲이 우거진 사이사이로 인왕산의 바위들이 햇빛에 우윳빛으로 농익어 번들거린다. 은초는 그 바위들을 보면 손이 저절로 올라 그림을 그리고픈 정감이 인다. 은초는 소나무, 느티나무, 상수리나무, 복숭아나무를 그리고쟈 했지만, 다다미는 큰 바위 얼굴을 새기고자 했다. 예컨대 일본의 천왕들이나 도요토미 히데요시 같은 인물들이었다. 후지산에도 너네 영웅들을 새길만한 곳이 많을 텐데. 은초가 따끔따끔 거리면, 다다미는 세계적인 명산에 덧칠하는 건 죄인이 되는 거라고 눈총 쏘았다.

저걸 보게나. 노인이 손짓한 것도 그 바위다.

"미쁘게 잘도 생겼잖아. 난 저 바위를 보면 길수를 새기고파 손이 저절로 올라가곤 했어."

노인은 머리가슴에 새긴 외아들의 초상화를 새기고 싶어 인왕산 바위 중에서 제일 잘생긴 바위 하나를 골랐더니 바로 저기 보이는 바위라고 일러준다. 흔히 대머리바위라 부르는, 인왕산 바위들 중에서 가장 크면서도 흰한 바위다. 아마도 노인은 여기 이 자리에서 바라볼 곳을 선택해 아들의 초상화를 새기고파 했을 것이다. 은초는 노인의 외아들을 기억하지 못한다. 이 세상에 얼굴도 못 내밀 때였으니. 이웃들에 의하면 호남이고 공부 잘하고 부모를 잘 모신 예의바른 청년이랬다. 이웃들에게 교과서적인 아들로 비쳤다면 노인에겐 더더구나 초인적인 영웅으로 가슴에 새겨졌을 것이다.

"보름달을 머리에 이고 봇짐을 어깨에 메고 사다리를 들고 그곳으로 갔더랬지. 근데 작업하기 위해 조각칼을 들었더니, 길수가 울며 호소하는 게야."

"설마하니, 오빠가 나무꾼의 아내처럼 하늘나라에서 인왕산으로 내려왔을까요?"

유백 어른이 하도 비감에 잠겨, 은초는 안면식도 없는 노인의 아들을 오빠라 부른다.

"아버님, 저의 얼굴에 흉터를 새기지 마시고 저의 가슴에 비수를 꽂지 마세요."

노인의 고백은 전래 온 이야기가 아닌, 실제 겪은 것이기에 은초는 입을 다문다. 남의 슬픔에 동참하긴 쉬워도 이해하긴 어렵다더니.

그제야 노인은 그 바위가 바로 아들임을 깨우쳤다고, 인왕산 바위들마다 부암동에서 살다 간 초인들의 넋이 숨 쉰다고, 눈시울을 적신다.

이어 노인은 바람에 나부끼는 플래카드를 턱짓한다.

"지금 선 자리에서 눈 바로 뜨고 남쪽에서 서쪽과 북쪽의 풍경을 살펴 봐. 이 그림과 다를 바 없지."

"그건 삼척동자들도 다 알잖아요. 안평대군이 도원 꿈을 꾼 것과 비슷한 곳이 인왕산 서쪽 자락이라고, 그로부터 3년 후에 무계정사를 지었다는 것도요."

서쪽 담 아래엔 누군가의 별장이 내려다보인다. 이웃들

에 의하면 무계정사 터에다 고증 맞게 지었다던 60년대의 별장이다. 빈집이라서 그런지 기와지붕도 이끼가 서리고 곰팡내가 훅훅 끼치는 곳이었다. 두 오줌싸개 동무는 그 별장 안을 기웃거리기도 하고, 마른 나뭇가지를 주워 고구마를 구워먹기 위해 별장 아궁이에 불을 지피곤 했다. 그 안에서 생쥐들이 뛰어나와 혼쭐났지만.

노인이 고미술 책자를 펼친다.

"화가들은 동양화의 구성은 진행형으로 표현된다지만, 이 화보에 나타난 것처럼 몽유도원도가 오른쪽 이상향에서 현실세계로 나가는 게 이상하다며 의문을 토하기도 하잖아. 아니면 안견 화원의 심미안은 독특 하다고 격을 높이기도 하구. 실은 그이들이 무얼 모르고 나팔 부는 게야."

"저도 좀은 아는 걸요. 안평대군이 여기 와서 보니 바로 꿈꾼 도원이었거든요. 안견 화원이 그 걸 알고 안평대군의 꿈을 그리기 위해 인왕산과 부암동의 지세와 그 당시 풍경을 고스란히 담았다는 것도요."

"그런 것들을 내게 귀띔해 준 어른이 다름 아닌."

은초가 화답한다.

"이태주 어른, 바로 저의 조부였지요."

서쪽 인왕산등성이에서 뻐꾸기가 울자, 북쪽 인왕산등성이에서도 연달아 뻐꾸기들이 울음을 토한다.

7

내가 대학 시절, 고고미술사학과를 선택한 건 아버님의 강권에 의해서란다.

이상윤 교수는 딸에게 잠언처럼 들려주었다.

이태주 씨는 인사동에서 고미술 가게를 운영했다. 일제 당시 인사동에는 〈제국만물상〉〈대일당〉 등 일본 냄새가 풍기는 가게들이 많았다. 거의 일인들과 친일파들이 운영해 조선의 문화재를 일본으로 빼돌리기 위한 수단으로 사용되었다. 인사동에 골동품 가게가 많이 들어선 것도 그런 이유였다. 그에 비하면 〈보고파寶古波〉와 〈사고파史古波〉 두 가게는 일인들의 행패에 맞서기도, 상업의 도를 지켜 조선 고미술 애호가들의 사랑을 받았다. 보고파는 보고 싶다는 그리움을 일깨우고, 사고파는 사고 싶다는 갈망을 일깨우는 거라며, '보고파요 사고파요'가 인사동을 상징하는 노래가 될 정도였다. 덕분에 팔도강산 거래업자들과 단골들이 몰려들어 쏠쏠한 수입을 올렸다.

6·25가 일어나기 전, 그 해 봄이었다. 사고파 주인 이태주 씨는 골동품이 팔리지 않아 마음고생이 심했다. 일제에서 해방되어도 좌우익인사들의 암투가 이어지고 민심마저 흉흉해 불안한 나날을 보냈다. 골동품만큼 시세를 타는 것도 드물었다. 정세가 어지러우면 우리 고유 민속품과 문화재 운운 따위는 골빈 자들의 망나니짓이라고 뒷전으로 밀려나기 마련이었다. 그에 덩달아 가게를 찾던 단골들도 발길을 끊었다. 그즈음 자정이 넘어 재일교포 심씨가 사고파 가게를 방문했다. 일본 손님과 함께. 이태주 씨는 그들을 비밀장소로 안내했다. 그 가게 위의 다락방은 중요한 거래를 할 때 드나드는 곳이었다. 심씨가 보따리를 풀고 오동나무 상자 안에 든 걸 꺼내 교자상 위에 놓았다. 그런 내용을 들려주고 이상운 교수는 침묵했다.

은초는 그 뒤의 내용이 궁금했지만 대학입시를 앞둔 시기라 다음으로 미뤘다. 이 교수의 침묵은 무슨 비밀을 고백해야 하나마나 망설임보다는 가슴의 옹알이를 품은 듯 했다. 피붙이라도 섣불리 묻지 못할 비장감마저 안겨주었다.

두어 달이 지나 어느 대학 어느 과를 선택하느냐, 고심할 때 이상윤 교수는 딸에게 들려주었다.

그 건 〈몽유도원도〉였단다.

그날 밤, 심씨가 모시고 온 일본 손님은 한눈에 봐도 예사 사람이 아닌, 뭔가 칙칙한 인상을 풍겼다. 서너 번 대화를 나누고 보니 손님은 한국어를 전연 모르는 왜놈이었다. 한일합방 치욕과 일제 통치 시대를 거친 이태주 씨는 일본 사람들을 좋게 볼 리 없었다. 그날따라 심씨가 손님 앞에서 절절매는 것도 수상쩍었다. 자세가 꼿꼿하면서도 짙은 눈썹과 매서운 눈빛, 조소를 담은 꽉 다문 입술, 볼에 난 상처가 손님의 이력을 여실이 들레는 듯했다.

칼잡이? 맞아, 사무라이, 아니 야쿠자이군.

확신이 서자, 이태주 씨는 소문으로만 듣던 야쿠자를 보니 가슴이 쿵 내려앉았다. 심씨는 중개업자로 가끔 일본에서 골동품들을 가져와 거래하던 사이였다.

"이 진귀품을 지니면 하늘의 별을 따는 거나 마찬가지라니까요. 보시다시피 안건 화원의 '몽유도원도', 안평대군의 글씨와 당대의 귀하고도 귀하신 분들의 친필과 시문들을 보십시오."

심씨가 주인을 바깥으로 이끌었다.

"제가 저 분을 모신 건 진귀품을 도난당하지 않기 위해서죠. 의리 있는 분입니다."

"막가파들이 양념으로 내세우는 게 충성과 지조 아닌가."

"조선의 진귀품을 왜놈들이 지닌다면 억장 무너질 꼴 아니겠습니까. 내 비록 재일교포요 나까마이나 대한민국 사랑에는 변함없습죠."

이태주 씨도 세상이 시끌시끌할수록 도굴꾼들이나 막가파들이 날뛰기 쉽고, 그들이 아니면 진귀품을 지니기가 어려웠다. 그러니 야쿠자라 할지라도 소홀이 대접할 순 없었다. 이태주 씨는 돋보기를 들고 그걸 찬찬히 훑어나갔다. 그런데 처음 눈에 들어온 夢遊挑源圖라고 쓴 글씨의 제호부터 수상쩍었다. 왕희지 행서체를 연상 시키지만 이제까지 보아 온 안평대군 글씨체와는 다른 거란 감이 일었다. 안평대군 글씨체는 조맹부 송설체의 영향을 받은 것들이었다. 그 다음에 이은 안평대군이 쓴 제시 글씨체도 역시 송설체였다. 이태주 씨는 안평대군 글씨를 사고 판 경험도 있어 ㅡ

안평대군이 누구에게 보낸 편지 쪽지이긴 해도-골동꾼들의 옛 서화에 대한 수집은 광적이어서 짬짬이 팔리곤 했다. 주인은 누군가가 손질한 게 틀림없다는 의심이 일어도 표정을 감추고 손에 든 돋보기 손잡이에 힘을 주었다. 안평대군이 붓글씨를 쓰면 송설체를 고집했다는 걸 고서적에서 보긴 했어도, 제목은 행서체로 써서 변화를 줄 수도 있는 문제였다. 그런 걸 접어 두고라도 더욱 의심 가는 건 그 제시에는 夢挑源은 있어도 夢遊挑源圖가 없었던 것이다. 찬시문은 상하권으로, 상권은 고덕종, 이개, 하연, 송처관, 김담, 신숙주, 강석덕, 정인지, 박연, 하권에는 김종서, 이적, 최항, 박팽년, 윤자운, 이예, 이현로, 서거정, 성삼문, 김수온, 만우천봉, 최수, 순서로 꾸며졌다. 그림도 그렇거니와 당대 명유문사들의 글씨라면 이거야말로 명품 중의 명품이었다. 하지만 이태주 씨는 처음부터 끝까지 훑어보고, 연대가 오래된 거지만 세종대왕 시절이 아닌 조선 중기에 누군가가 그리고 쓴 모조품이란 결론을 내렸다. 그런 주인의 마음을 심씨가 눈치 채고 야쿠자와 눈 맞춤 하더니 선심 좋게 나왔다.

"주인이 일본에 계시긴 하나, 값을 깎아 드리지요."

"얼마를?"

이태주 씨는 비록 모조품일지라도 그런 걸 원하는 단골도 있어 적절한 선에 사고 싶었다. 골동품은 정가가 없었고 때에 따라선 부르는 게 값일 정도로 엄청 비싼 걸 엄청 싸게 사기도 했다. 이번에야말로 이익을 차릴 절호의 기회라 여기고는. 저쪽에선 어떻게든 팔고자 하는 눈치였다. 흥정에 흥정을 거듭한 결과 값을 절반 넘게 깎고는 심씨가 입술에 침을 튀겼다.

"호리다시 중의 호리다시 아니겠능교."

"이 가게와 우리집을 팔아도 못 미친 금액이잖소."

더욱이 장사가 잘 안 돼 여윳돈도 지닌 게 없었다. 외상 거래할 다른 직업 상인들과는 달리 고미술 상인들은 언제든지 진귀품을 구입하기 위해선 쌈지가 두둑해야 하는데도. 아무리 진귀품이라도 돈줄인 가게와 생활 터전의 집을 날린 순 없었다. 부자 단골이 있지만 거금이라 그걸 산다고 보장할 수도 없는 문제였다. 더구나 모조품인데. 야쿠자 앞에서 감정을 노골적으로 드러낼 수도 없었다. 이태주 씨는 지난 겨울 추사 진품 글씨를 구입한 게 쌀 한 가마니 값이었다며, 슬쩍 뒤로 물러서는 시늉을 했다. 이담에 봄세. 청자보다는 백자를 더 원하는 손님들이 줄을 서고 있다네, 하고는.

이튿날, 이태주 씨는 뭔가 찜찜해 고서화 수집가 현필원 선생을 찾아갔다.

"나까마 심씨가 가져 온 게 몽유도원도 진품이라고 하니, 미심쩍어서입니다."

"그 양반, 능구렁이 기질을 감춘 나까마인데 어떻게 속내를 믿겠는가. 고서화라면 사고파 주인이 나보다도 훤히 꿸 텐데."

현필원 선생은 심씨가 진품이라며 가져온 가야토기가 가짜였다고 불쾌감을 드러냈다. 그런 귀중한 자리였다면 나를 부를 일이지, 하며 섭섭함도 내비쳤다. 현필원 선생의 안목이라면 능히 그 그림의 진위를 가렸을 테지만, 그걸 수장할 정도의 자산은 지니지 못했기에 이태주 씨도 단안을 내리지 못했던 것이다.

"진품 아닌 감을 잡았기에 감히 모시지 못했습죠."

"그러게 말일세. 이 혼란한 시대에 거짓 술수 능한 치들이 날뛰니, 신실한 사람이 그립구면."

"만일 진품이래도 엄청난 돈을 주고 구입해야만 하느냐. 그건 당연히 대한민국 유산이고 저네들이 노략질해 간 게 아닌가, 라는 울분과 더불어 범국민운동을 펼쳐 그걸 반환

받아 마땅하다는 뚝심도 일었습죠."

"옳거니. 우리 뜻있는 인사들과 합심해 그걸 반환받도록 함세."

그들의 약속은 지켜지지 못했다. 곧 6·25 전쟁이 일어났던 것이다.

여러 해가 지나, 일본과 한국의 고미술 책자에도 그 진품이 실린 걸 보고 이태주 씨는 강한 충격을 받았다. 당신이 접했던 몽유도원도가 틀림없었다. 그게 진품임을 알았다면 현필원 선생에게 보여서 힘을 모아 재벌이나 저명인사, 정부 관계자들에게 호소해, 일본으로 다시 되돌아가지 못하도록 하는 게 대한민국 고미술 상인이 지켜야 할 자존심이요 애국심일 터였다. 더구나 고미술계에서 손꼽는 사고파의 주인이요 한국고미술협회 회장이란 직함을 지녀, 자책감은 날로 더해만 갔다.

뒤늦게 고미술업계와 사회의 저명인사들과 함께 그걸 반환받기 위한 운동을 펼쳤다. 하지만 텐리대 측에서 '한때 일본의 국보까지 지정된 명품인데 어찌 감히' 라며 완강히 거부해 이태주 씨의 바람은 물거품이 됐다. 그리하여 아들에게 〈고고미술사학〉을 전공케 하여 우리 문화에 대한 참 지식을 알도록 이끌었다.

이상윤 교수는 부친의 원대로 그 학과에 입학해 공부하면서 사고파 가게 일도 돕고 고미술품에 대한 상식도 익혔다. 진품과 모조품은 어떻게 다르며 세월의 이끼와 사람의 땟물이 절은 것도 고미술의 품격을 높인다는 것도. 티브이에 출연해 우리 민속품을 강의하고 연구하기도 하고, 타고난 기예를 살려 훼손된 옛 그림을 복원하는 데도 앞장섰다. 이상윤 교수는 훼손된 조선시대 〈미인도〉의 머리 부분을 손질해 팔았다. 그게 일본 수장자의 화보에 〈신윤복의 미인도〉라고 적힌 걸 보고, 어이가 없었다. 마침 〈백제시대 문화 연구〉 학술회가 동경대학에서 열려 일본으로 갔던 김에 그 수집가를 만났다. 그리하여 선생이 지닌 미인도는 조선 후기의 작품으로 작자 미상이라는 사실도 밝혔다.

유백 어른이 다시 잇는다.

"이태주가 두드러지게 의심했던 것도 그림의 구성이었거든. 그 진품을 손에 쥔 왜놈이 보관하기 쉽게 저네 방식의 가로 두루마리로 엮은 걸 후세 사람들이 잘못 해석했던 게야. 이건 이태주랑 나의 의견이지만, 일테면 안평대군은 꿈에 본 몽도원의 현장이 여긴 줄 알았고, 안견 화원은 안평대군의 뜻에 따라 인왕산과 부암동 현장을 둘러보고 정확하게 구도에 맞게 그렸어. 그 뒤, 안평대군이 제시와 제문을 썼고 당대의 유명 인사들이 시문을 쓴 거거든. 애초에 두루마리가 아닌 걸 두루마리 형으로 꾸민 걸 이태주가 알 리 없었던 게야. 요즈음도 천하 명작을 그릇 해석하게끔 꾸민 왜놈들의 행위가 괘심해 견딜 수가 없어 밤잠 설친다네. 그건 그렇다 치자. 심씨가 사고파 가게를 거쳐, 저명인사 댁을 두루 찾아다니며 그들에게 팔고자 했지만 값이 수천 달러라서 감히 엄두를 못 냈다고들 하더군. 비록 가난한 나라일망정 특국보급을 경홀히 여긴 우리의 저명인사들이나 정부 관계자들은 또 어떻구. 해방 후 한일회담이 많이도 열렸을 텐데, 속이 쓰리다네. 그런 사실도 모르고 이태주는, 나는 죄인이다, 한일합방 때 이 나라를 팔아먹은 오적과 진배없다고 개탄하더니……."

은초는 고개를 숙인다.

"조부님은 그 전시회를 보고 열흘도 안 돼 화장실에서 쓰러져 뇌출혈로 숨졌지요."

이태주 씨가 빚에 쪼들려 안국동 집을 팔고 부암동으로

이사 온 건 칠십 년 대 초, 은초가 태어나기 전이었다. 단골인 유백 어른의 권유로 부암동에 집을 마련했던 건, 집값이 싼데다 몽유도원도의 현장이란 사실도 무관하진 않았을 터였다.

8

"부암동 일대를 둘러보고 싶어요."

은초의 청을 유백 어른이 선선히 받아들인다.

"누구네 집은 리모델링하여 새집처럼 깨끗하고, 누구네 집은 폭삭 갈앉아 텃밭이 되어 옥수수와 고추를 심은 곳도 있거든."

거의 소나무 한 그루가 그 집안의 그루터기인 양 우뚝 선 게 보인다. 그건 주인이 애써 심은 게 아니라 인왕산의 뿌리요 인왕산이 베푼 온정일 거라고, 은초는 헤아린다.

그들은 북쪽으로 난 골목길이 없어 더 이상 오르지 못하고, 산자락과 집들 사이 샛길로 접어든다. 은초는 잡초와 풀꽃들 사이의 산딸기를 따서 먹는다. 달디 달다. 노인도 산딸기를 따서 입으로 가져가며 꿈꾸듯 읊조린다.

"저 북쪽 위로 오르면 복숭아밭이 나오고 몽유도원도의 극치인 선계로 접어드는 게야."

"저도 아빠랑 자주 그곳을 산책 했는걸요."

봄이면 은초도 이상윤 교수랑 그곳으로 가서 꽃비처럼 내린 복사꽃 세례에 황홀해지기도, 늦여름이면 엄마랑 때깔 좋은 복숭아를 따먹곤 했다.

노인은 앞장서서 내리막길로 발걸음을 옮긴다. 서쪽 산자락에 뿌리박은 소나무 둥치가 일직선으로 뻗어 동쪽 집 담장 안으로 들어선 게 보인다. 그 집 담장 옆에 버팀목을 세워 둔 건 그 둥치가 더 이상 아래로 쳐지지 않도록 하기 위한 배려였다. 은초와 다다미는 그 소나무 둥치에서 그네를 타기도, 가위 바위 보 놀이하며 솔잎을 따서 바구니에 담곤 했다.

그들은 황토로 지은 그 집 〈도원공방〉 안으로 들어선다. 뜰에는 장승들이 줄줄이 서서 손님들을 맞이한다. 나무토막을 칼질하다말고 벅수장이가 일어나서 노인에게 절하고는 은초에게 악수를 청한다.

예나 다름없이 벅수장이는 머리를 길게 땋았다. 얼굴이

무표정이라 왜 그러느냐고 이웃들이 물으면, 장승마다 자신의 희로애락을 앗아간다고, 장인 정신을 내비쳤다. 부암동 입구에서부터 인왕산 줄기와 봉우리에까지 장승으로 이정표를 삼는 걸 일생의 업처럼 여긴다.

유백 어른과 은초, 벅수장이가 골목길을 빠져나와 한길 서쪽으로 오른다. 뚝딱뚝딱 망치소리가 들린다. 인부들이 들락거리는 사이로 반쯤 지은 황토 건물을 유백 어른이 손짓한다.

"다다미 양의 집이야."

"저도 작년 구월에 다다미를 봤는걸요."

은초가 다다미를 본 건, 국립중앙박물관에서 열린 〈한국 박물관 개관 100주년 기념 특별전〉이 열렸던 마지막 날이었다. 그 기념 특별전답게 〈천마총 천마도〉, 〈훈민정음 해례본〉, 〈백자철화포도문호〉 등 대한민국 국보들을 볼 수 있어 관람자들의 눈을 즐겁게 했다. 그 하고많은 전시품 중에서 단연 돋보인 건 〈몽유도원도〉였다. 신문에 보도된 '단 9일간의 귀향'이라는 희소식에 자극 받았는지 사람들이 많이도 모여 초만원을 이루었다. 평생에 한번 볼 기회일지도 모른다고 너도나도 그걸 보기 위해 몰려들어 대여섯 시간 동안 줄을 서서 기다려야만 했다. 보안과 안전을 위해 그걸 소장한 일본 텐리대 측에서 앞으로는 한국에 공개하지 않겠다는 강경한 자세여서 더욱 대한민국 국민들의 마음을 뜨겁게 달궜다. 더불어 그들 너남 없이 분통을 터트렸다. 왜 우리 유산을 우리 마음대로 볼 수 없지? 그러게 말입니다. 우리 거니 우리가 마땅히 돌려받아야 되지 않겠습니까.

은초는 그 전시회가 열렸던 개관 첫날에도 그 이튿날에도 인파에 밀려 줄을 서서 기다리다 못해 선약이 있어 되돌아서야 했다. 셋째 날 관람하기는 했어도 밀고 미는 사람들 틈새에서 1분도 채 안 돼 등 떠밀려 보며 카메라로 그걸 찍으려다 경비원들에게 들켜 쫓겨나는 수모를 당했다.

"박사학위 논문을 쓰기 위해 부득불 카메라에 담으려 했거든요."

은초는 곁에서 감시하던 박물관 관계자에게 눈물로 호소했다.

"다음 주, 마지막 날엔 관람 시간을 연장합니다. 오후 여섯 시 이후에 오시면 관람하는데 걸림이 없을 겁니다. 다만 사진 찍는 건 절대 사절."

사십 줄의 그 직원이 귀띔해 주었다.

하지만 마지막 날 저녁에도 몰려든 사람들로 한 시간이나 더 줄을 서서 기다려야 했다. 저녁 일곱 시 쯤 입장하려는데, 누군가가 은초의 어깨를 쳤다.

"넌 런던에서."

다다미 뒤이어 은초도 화답했다.

"너도 동경에서 왔구나."

목소리보다 먼저 은초가 죽마고우를 알아본 건 다다미의 양손이었다. 순간 은초는 다다미가 보낸 편지를 떠올렸다.

'층계를 오르樂 내리樂 즐거웠G.'

일본으로 간 다다미가 은초에게 보낸, 반주개미 놀이하던 사진이요 친필이었다. 고교를 졸업한 그 이듬해 봄에. 그다음 편지가 온 건 은초가 대학을 졸업하고 영국 유학길에 오르기 전이었다.

내가 고교를 졸업하자마자 부랴부랴 동경에 온 건 대학 진학과 손가락도 수술하기 위해서였어. 애당초 난 서울 사람 아닌 동경 시민이라 대학을 동경대학 법대를 선택한 건 당연한 게 아니겠어. 그리고 유전인자를 깡그리 지우기 위한 계획이었달까. 너의 지적처럼, 내 반쪽 유전인자는 조센

징 피라는 사실이 나를 무지도 살맛 잃게 했거든. 한 시절 일본의 창창한 청년이 한국 여인을 죽자구나 사랑했고, 그들 사이에 내가 태어났지 뭐냐. 아빠가 20여 년 동안 동경에서 서울로 오락가락 했던 건 한국 여인에 대한 지고의 사랑 때문이었어. 엄마는 자신의 허점인 현지처란 사실을 지워버리고 딸을 일본인으로 뿌리박기 위해 무던히도 애썼지. 딸에게 일본어에 능통하도록 가르쳤고 일본의 풍속과 지리, 역사에 관해선 입술에 거품을 물고 왱왱거렸거든. 아빠는 조부의 강권으로 일본 여인과 결혼해 남매를 낳았으니. 결국 아빠와 엄마의 로맨스는 아빠가 일본 외무성 고급 관리가 되고부터 엄마를 박대함으로 막을 내렸단다. 엄마가 나를 아빠에게 넘겨주고 귀국하기 위해 배를 타서 현해탄에 몸을 던졌지. 그 건 내가 서울로 돌아오지 못하게끔 일본인으로 뿌리박기 위한 처방이랄지. 물론 아빠 사랑 아니면 삶을 이어가지 못할 정도로 지독한 사랑 열병에 시달린 탓이었지만. 나도 엄마의 뜻에 따라 일본 국민으로 자리 잡기 위해 의모에게 아부하고 이복동생들을 잘 대해 주었건만, 그네들은 나를 조센징 여펜네와 첩년 딸이라는 굴레를 뒤집으며 악을 피웠단다.

"넌 무엇이 부족해 몽니쟁이가 되어 다고 다고 하다 육손이 되었니."

의모의 입에서 독이 품어 나오자, 나도 더 이상 참을 수 없어 맞대응 했지 뭐.

"나의 잘린 두 손가락이 당신 머리에 두 뿔로 돋아나 도깨비가 되라고 애초에 신이 점찍어 논 거잖습니까."

"막 돼먹은 계집애를 더 이상 봐 줄 순 없으니, 당신이 쫓아내든지, 내가 경찰을 부르든지 해야겠네요."

의모가 아빠에게 압박을 가하자, 나는 더 이상 견디지 못해 그 집을 뛰쳐나왔거든. 혼자서 자취하며 대학을 졸업할 즈음 아빠마저 숨졌어. 심장 판막증 수술이 잘못되었다곤 하지만 아내랑 남매, 현지처 딸과의 갈등에서 속깨나 썩었을 거란 게 주위의 평이었단다.

왜 나의 가족사를 네게 알리느냐 하면, 나의 치욕인 육손이에 대해 이야기하지 않을 수 없거든. 동경에선 친구도 없어 외로이 나날을 넘기곤 해. 그러면 날이 갈수록 너의 따스한 정이 그립단다. 넌 다른 조무래기들처럼 나를 육손이라 부르지 않은 유일한 나의 동무였지. 내가 그걸 학대하면 넌 내 양손을 꼭 붙잡고 손수건으로 싸매주기도 했잖아.

성인식을 치르기 전, 난 아빠의 보호 아래 외과병원에서 그걸 잘라내었다. 이태가 지나 다시 재수술해도 또다시 이태가 지나 세 번째 수술을 감행해도 볼썽사나운 손이 된 건 마찬가지란다. 인간의 긍지는 자신을 다스릴 줄 아는 지혜에서 유래된다던데, 난 양손의 상처로 인해 혼란을 거듭하는 나날을 보냈어. 사실 의모의 꼬집음대로 난 저 세상에서 몽니쟁이가 되어 다고 다고 하다 현세에선 육손이로 태어났는지도 모르지.

의모 집을 나와 제일 먼저 한 게 무언 줄 아니?

아빠 성을 지우고 엄마 성을 딴 오다미로 새롭게 태어난 거야.

그랬더니 시도 때도 없이 쩌릿쩌릿하던 양손의 통증이 가라앉는 듯한 쾌감에 젖어들었어. 동경 주한대사관에 엄마의 친척 한인 통역관 아저씨가 계시는데, 나를 그곳에 근무하게끔 길을 틔워 주어서 이제는 재일교포로 살아간단다.

얼마 전에는 동경 재일교포협회 회원들과 독도에 갔더랬지. 어떤 깨달음이 나의 뇌를 강타하더구나. 한 인간이 태어나기 전 태초부터 신이 점찍은 거라면, 내가 육손이가 된 건 일본 사람인 척 하면서 독도가 일본 땅이라고 생떼를 쓸 걸 알고 신이 미리 내린 천벌이었다고. 그건 오른손 업이고 왼손 업은 무얼까. 그 의문은 머리 싸매고 고민할 필요 없이 일치감치 몽유도원도란 감이 잡히는 거야…….

골목을 돌고 돌자, 부암동 입구 주민센터 앞 팔각정이 보인다.

유백 어른이 팔각정 안으로 들어가서 서류를 뒤적이던 주민들과 악수를 나눈다. 〈부암동 사랑 모임〉 회원들이다. 그이들은 요즈음 신문에도 한창 떠들던, 〈몽유도원도 산실 부암동 지키기, 주차장 설치 결사반대〉에 대한 서명 운동을 펼치기에 애쓴다. 인왕산을 찾는 등산객들의 발길이 잦고 부암동에 인구가 늘어나므로 종로구청 측에서 공터를 구입해 공설주차장을 설치하기로 하자, 소음 공해 방지란 이유를 들어 주민들이 들고 일어난 것이다.

"여러분들의 노력이 있기에 우리 부암동이 역사의 명소로 제 구실 하는 게 아니겠습니까."

유백 어른의 격려에 그 모임 여자 부회장이 선뜻 답한다.

"그러게 말입니다. 우리 부암동 명소의 텃밭을 우리 주민들이 지키지 못한다면 무슨 낯짝으로 후손들에게 선인 대접

받겠습니까."

서명한 이름 중에는 그 모임 회장 유백 어른도, 오다미 이름과 사인도 적혔다. 은초도 그 서류에 이름을 적고 사인도 한다.

무계정사 터로 가는 길은 넓어 차도 드나든다. 그 길모퉁이를 돌자, 〈꿈길 찻집〉이 보인다. 벅수장이가 그들을 찻집 안으로 이끈다. 어른 주먹 크기의 고만고만한 화분에 풀꽃들이 방글거리고 나비들도 꽃술과 입맞춤 한다.

"이게 누구야?"

찻집 주인이 은초를 풀꽃들의 미소로 영접한다.

"나도 언니가 얼마나 보고 싶었게."

진초는 은초의 친척 언니뻘이다. 태어나서 미장원 출입 안 했다던 진초의 숱 많은 머릿결은 나이도 안타는지 감청색이다.

"첫딸을 낳고 보니 아이 키우는 재미가 솔솔 부는 봄바람이더라. 딸 넷에 아들 둘을 더 낳아 부암동 동장이 주는 '다산 행복 상'도 받았는걸."

세상의 낙은 다 누리고 있다는 듯 진초의 몸에선 기쁨이 팡팡 터져 나올 것 같다.

금세 마신 도화차 향내가 숨 쉴 때마다 은초의 코끝을 스친다. 인왕산 복사꽃으로 만든 도화차는 진초가 귀빈에게 대접하는 별미다. 진초는 복숭아 잼도 만들어 손님들에게 판다. 부암동 주민들이 반대하는 주차장 설치 땅은 진초의 찻집 옆 공터다.

유백 어른과 은초가 상수리나무 숲 공터로 들어선다. 윙윙 울림이 귀를 먹먹하게 한다. 까투리가 횅하니 날고 뻐꾹 뻐꾹, 뻐꾸기 울음소리가 바람을 넘나든다. 사방을 두리번거리던 은초의 눈동자에 낯익은 바위가 쏙 들어온다.

武溪洞이라 새긴 글과 함께.

그 글은 안평대군이 쓴 글을 판 거고 그 옆에는 안평대군 별장 무계정사가 있던 곳이라고, 팻말에 쓰였다.

바위 옆의 고가가 기와 별장이다. 은초와 다다미는 그 별장 돌층계를 오르락내리락 했다. 사람들의 눈을 피해 그 바위 위에 올라 가위바위 놀이에도 빠져들었다. 그러고 보면 부암동의 가운데쯤에 무계정사 터가 있어, 유백 어른과 은초는 팽이처럼 부암동을 뱅뱅 돌며 이곳으로 오게 된 셈이다.

"예나 지금이나 저 별장은 주인이 살지 않는군요."

"땅은 언제든지 제 몫의 값어치를 지니는 거란다. 서울

땅인데다 왕자의 발자취가 담긴 유적지라 때가 되면 제 값에 알파가 붙지 않겠어. 아마도 저 별장 주인은 고사에 따라 무계정사를 본뜬 집을 지었을 게다. 길손들에게 그 시절을 떠올리게 하는 것만으로도 선심 쓴 게 아닌가."

유백 어른의 해답이 뒤따른다.

이상윤 교수는 외동딸에게 여기에 오면 쌩하니 날아가는 화살 소리가 들린다고 했다. 이 공터는 안평대군의 활터이며, 무계정사는 명유문사들을 초청해 시회를 열기도 수양대군과 정권 경쟁하던 장소라고도 알려졌다.

안평대군은 지리와 복술에 뛰어난 이현로 책사에게 들은, 인왕산 자락에 〈만대흥왕지기萬代興王之記〉, 만대에 걸쳐 왕이 흥할 땅이라는 풍수설에 힘입어 몽도원의 꿈과 비슷한 경치인 이곳에 무계정사를 지었을 것이다. 안평대군의 호가 비해당匪懈堂인 것도 세종대왕이 친히 지어 준 것이다. 안평이란 당호는 안일한 뜻인 게으름이니, 부지런한 뜻인 비해당으로 바꾸는 게 옳을 것이다. 타고난 자질이 탁월하고 학문을 좋아하니 유교의 바른 의리에 이르도록 그 힘씀이 지극할 것이므로, 라고 세종대왕이 명할 정도로 안평대군의 재주를 지극히 아낀 게 아니겠나. 안평대군은 한강 남쪽에 담담정淡淡亭을 지어 만 권의 책을 소장했으며, 문사들과 비천한 자에게 이르기까지 폭 넓은 교제를 했으니 왕권에 눈 먼 수양대군에겐 눈엣가시였을 테고. 더욱이 계유정난을 일으켜 안평대군도 죽였을 것이다. 이상윤 교수의 설명을 은초는 생생히 기억한다.

그렇다면 안평대군은 수양대군 눈을 속이기 위해, 만대홍왕지기 이곳을 무대로 안견 화원에게 그림을 그리게 하고 별장을 세웠던 걸까. 안평대군의 제시에 든 치지정이 바로 무계정사라는 학자들의 견해인지라 덧난 추측은 아닐 것이다.

대원군이 이 근처의 석파정으로 자주 드나든 것도, 빙허선생이 바로 활터 동쪽에 산 것도 그런 연유일까. 텃세란 그 땅을 땅땅하게 누릴 만한 인물이어야만 땅땅 값어치를 한다던가. 그렇긴 해도 가난뱅이 딸을 며느리로 맞이해야만 권력에 휘말리지 않는다고 믿었던 대원군은 정작 자부 민황후의 권력에 쓴잔을 마셨다. 빙허 선생은 친일문학에 가담하지 않은 꼿꼿한 자세로 사실주의 문학의 기틀을 맞이했다지만, 가난한 생활을 면치 못해 결국 장결핵으로 숨졌다. 이곳이 만대홍왕지기였다면 왜 안평대군은 수를 누리지 못하고 비명에 숨졌을까.

인간의 목숨이란 한줌 흙이요 잠깐 스치는 바람입니다.

템즈 강변에서 만났던 음유시인의 노래를 듣고, 은초는 머나먼 타국 영국은 내가 살 곳이 아니란 감이 뼛골로 스며들어 부랴부랴 귀국을 서둘렀다.

"이곳의 적기와집은?"

은초가 기억을 되살린다.

"그 집 주인이 낡아 헐어버려 공터가 되었지. 저기 동쪽의 주차장 예비 공터가 있잖아. 그곳과 함께 '몽도원'의 유적지로 복원하는 게 바람직하다고, 여기 주민들이 종로구청에 진정서를 냈는데 실현 가능이 충분해."

유백 어른이 부암동 주민들의 여론을 대변한다.

뻐어꾹 뻐꾹, 뻐꾸기 울음소리가 자지러진다.

"비가 오려나. 바람이 거센 걸 보니."

유백 어른이 하늘을 우러른다.

"먹구름 사이로 분홍빛 구름이 해를 감싸고돌아 비가 올 것 같진 않는데요."

서너 번 천둥이 일어 은초는 양손으로 귀막이 한다. 곧 먹구름이 걷히더니 뿌연 빛이 아래로 쏟아져 상수리나무와 건너편의 느티나무를 비춘다.

은초는 발에 밟힐까봐 기우는 민들레꽃들을 피하고 피어
나는 제비꽃들을 지나 느티나무 곁에 선다. 삼백여 년을 넘
나든다는 고목이다. 그 고목 아래 둥치 가운데는 예전처럼
흰다리 모양의 구멍이 길게 난 연리목이다. 은초는 다다미
랑 그 둥치 사이를 넘나들기도 마주보며 헤헤거리던 모습이
눈에 삼삼한데, 그 환영은 현실로 드러난다. 다다미 아니 다
미가 느티나무 둥치 저쪽에서 얼굴을 내민다.

"이젠 몸집이 커서 그쪽과 이쪽을 넘나들진 못하겠네."

엉겁결에 다람쥐가 그들 사이를 지나 재빨리 도망친다.

"타임머신을 타고 초등교 시절로 되돌아갈까 봐."

은초의 농에 다미도 농으로 둘러댄다.

"난쟁이로 변하는 약이 있다던데 우리 그걸 먹을래."

9

영국에서 십 년 넘은 세월을 키질했는데도 나의 유학 생
활은 후딱 지나가 버렸단다. 박사 추종자들은 그 면류관을
쓰기 위해 땀방울을 흘리고 지겹다 못해 자살까지 하는데

도. 내가 달력 날짜에 음표를 그리고 날마다 발에 멜로디를 단 건 알렉산더 교수랑 열애에 빠진 탓이거든. 진정 양키 중의 양키는 영국 신사 아니겠어. 푸른 눈동자에 갈색머리, 뽀얀 피부를 지닌 귀공자, 정중한 자태와 유창한 말씨, 내가 원했던 양키의 장점을 고스란히 지녔으니. 더구나 이집트와 그리스 문화에 도통한 해박한 지식과 동양문화에 대해서도 일가견을 지닌 학자였거든. 상처한 갓 마흔의 홀아비라 노처녀 제자들의 유혹도 만만찮았단다.

그이는 동양 여인에게 관심이 많더구나. 아내가 인도 여인이었대. 내게 던진 첫 인사가 뭔 줄 아니?

"당신의 흑발은 술람미 머릿결보다 더욱 고혹적이군."

천하 바람둥이 솔로몬 왕을 현혹시킨 술람미와 비교하다니. 나를 매혹녀로 추켜세운 그이에게 나도 화답했단다.

"교수님의 고품격 찬미에 저의 머릿결이 부스스 일어나 까치집을 짓겠는데요."

그의 부친이 코리아에서 선교사로 사역했대. 유년기를 서울에서 보낸 탓인지 한글과 한국 역사에 관해서도 웬만큼 알더라구. 더구나 그이 사무실에는 무궁화 자수로 꾸민 대한민국 지도가 벽에 걸렸잖아.

"저건 누가 수놓은 건가요?"

"마마 솜씨랍니다."

그 수를 놓는 모습이 담긴 사진도 있어, 거짓 아님이 드러나잖아. 어쩌면 푸른 눈의 부인이 대한민국 지도에 대한민국 나라꽃을 그리도 알맞게끔 빼어나게 수놓았는지.

"마마는 십자수 기능 보유자였지요. 서울에 살면서 그만 한국자수에 빠져 저 작품을 수놓게 되었고요. 그런 모습이 좋았는지 파파가 친히 사진도 찍으셨죠."

"저 자수와 사진만 봐도 두 분의 금슬이 저의 마음에 확 당기지 뭡니까."

나의 고백이 그를 사로잡은 양, 알렉산더 교수의 눈빛이 더욱 진지해졌잖아.

"무궁화가 바로 성경에 나오는 사론의 꽃이잖습니까. 그 꽃은 예수님을 상징하는 거고요. 마마는 세계 어느 나라도 그 꽃을 국토에 배치하면 그에 알맞은 지리적 여건이 코리아 밖에 없다던데요."

"과연 사모님다운 안목이시군요."

내 입에서 찬탄이 새어나오자, 알렉산더 교수는 더욱 흥을 돋웠어.

"확대경으로 무궁화 씨앗 껍질을 살피면 태극 문양이 보인답디다. 무궁화가 코리아 꽃으로 대접받는 것도 태초부터 창조주의 입김이 서려서라나요."

코리아를 상징하는 꽃의 내력을 코리아 출신이 몰랐다는 수치심과 더불어 그이가 나의 지도자로 우뚝 자리 잡았단다. 더욱 나의 감성을 일깨운 건 몽유도원도 그림 액자가 무궁화 지도 옆에 걸렸잖아.

"내가 저 그림을 처음 본 건 옥스퍼드 대학에서 석사학위를 받기 위해 공부하던 28세였죠. 때맞춰 서울로 가서 고궁들을 관람하던 중에 희소식을 접하고 호암갤러리로 가서 보게 된 겁니다."

"그 당시 전 고삼이었거든요. 학우들과 함께 그 그림을 관람한 뒤, 그 요리를 만들기 위해 가사 실습도 했지요."

"몽유도원도 요리? 그 요리 좀 맛볼 수 있습니까?"

"그럼요. 특급 별미 요리를 선보일 테니까요."

그리하여 알렉산더 교수 따라 런던 근교의 그이 집으로 갔더랬지.

수목에 휩싸인 그 고택은 안주인이 없어도 깔끔해 주말이면 그이와 지내기엔 더할 나위 없는 보금자리였단다. 그이 딸은 가정교사랑 런던 아파트에서 지내니 나의 눈에 거슬리지도 않았구.

영어에 익숙해지자 ─회화는 영국으로 간 그 해와 이듬해에 웬만큼 영어를 익힌 데다 알렉산더 교수랑 동침하고부터 저절로 쏙쏙 터득되더라니까. 그이의 신체 구조와 사랑의 행위 등은 하룻밤에, 그이 집에 있는 요리 기구와 장식장들은 달포도 못 돼, 메리여왕과 엘리자베스여왕 시대의 사랑과 암투 등을 읽고 터득하는 데엔 서너 달, 그이 박사논문은 일 년도 못 돼 한글로 번역했으니. 그이랑 이집트와 그리스를 여행하며 유적 발굴 현장에도 동행하다 보니, 나의 달력 음표와 나의 발의 멜로디는 날개를 달았단다.……

대영제국 박물관에 전시된 그리스와 이집트의 유물들과 왜놈들이 노략질해 간 우리의 유물들을 비교 관찰하며, 그 나라 유물들은 그 나라로 되돌려야 한다는 고집도 지녔달까. 대영제국 박물관 앞에서 그리스와 이집트 사람들이 저네 나라 유물들을 되돌려 달라고 데모하면, 데라 하마디랑 거기에 동참하기도 했고.

난 박사 논문을 〈내 사랑 몽유도원도〉에 대해 쓸 계획이었거든.

그이가 그러더라.

동서양의 어느 그림도 몽유도원도에 비할 바가 아니다. 곽희가 그린 '조춘도'에 비길만한 수작이다. 그보다도 더욱 진하게 가슴에 닿는 건, 산세가 둥글둥글하면서도 부드러운 느낌을 주는 조춘도에 비해, 산세가 뾰족뾰족하면서도 살아 움직이는, 이상향과 현실의 오묘한 조화가 빼어나서 더욱 그렇다. 삶과 환희가 어우러져 인간이 꿈꾸는 최고의 낙원이다. 보면 볼수록 인간이 살아야 할 묘미를 일깨운다. 그이 고백을 듣고 그이 영혼 속으로 쏙 빨려 든 셈이랄지.

난 조선과 일제 때 일본인들이 우리 문화재를 수탈해 간 억눌림과 세종대왕 시절의 문화에 대한 업적, 중국 고대 회화와 몽유도원도의 비교 관찰, 안견 화원이 일본 화단에 끼친 영향, 조부님과 아버님의 내력을 곁들이고, 그리스, 이집트, 영국 문화를 나열하며 그 논문을 쓸 계획이었거든.

방학을 맞이해 서울에 왔더랬지. 때맞춰 국립중앙박물관에서 몽유도원도 전시회가 열려, 너를 만났잖아. 몽유도원도 그림은 외국까지 알려져도, 찬시문은 덜 알려졌거든. 근데『몽유도원도 찬시문』이 책자로 나온 게 있더라.

안견 화원의 고향이 충청남도 서산의 지곡이라고 알려졌

잖아. 내가 그곳을 방문했더니, 서산 시청에서 발간한 게 있어 얼마나 고마웠던지. 원본에 실린 한문 글씨와 더불어 한글로 번역된 것이더라. 그걸 보며 세종대왕 당시의 명유문사들과 랑데부하는 즐거움을 어디에 견주리.

참 잊을 번했네. 서산 지곡 주민들의 안견 화원에 대한 애정이 얼마나 도타웠던지. 나의 뜻을 들은 그 지역 유지들이 지곡 명소를 안내하고 융숭히 대접해 주셔서, 그 고마움에 또 감동먹지 않을 수 있겠니.

그 찬시문에는 안평대군이 지은 제시 뒤이어 기문記文도 기록되었더구나.

정묘년 4월 20일 밤, 꿈을 꾸었다. 인수와 말을 타고 산속을 거닐었는데, 복숭아 꽃나무가 수십 그루 있고, 그 갈림길에서 어디로 갈지 망설이던 중에 산사람을 만났다. 그가 이르기를 '이 길을 따라 북쪽으로 가면 도원이 있다'고 했다. 나와 인수가 말을 채찍질해 그곳을 찾으니, 절벽은 깎아지른 듯 하고 초목은 무성하며 복숭아나무 숲에는 노을이 일었다. 대나무 숲속에는 초가가 있고, 동네 앞 시내에는 배 한 척이 떠 있어 다시 물결 따라 갔더니, 신선이 사는 곳이 펼쳐졌다. 내가 인수에게 말하기를 '암벽에 시렁을 걸고 골짜기를 뚫어 집을 짓는다함이 이게 아니겠는가. 실로 도원동이로구나', 했다. 그런 사이 뒤따른 사람들 중에서 정부와 범옹이 시를 짓고, 서로 좌우를 돌아보며 유유히 즐기다, 홀연히 꿈에서 깨어났다

　…… 이에 가도로 하여금 그림을 그리게 했다. …… 꿈꾸고 사흘 뒤 그림이 이미 완성되었기에 비해당의 매죽헌에서 이 글을 쓴다.

여기서 인수는 박팽년 학사, 정부는 최항 학사, 범옹은 신숙주 학사, 가도는 안견 화원을 가리키잖아. 그럼 찬시문들을 살펴볼까. 박팽년 학사는 서序를 쓰고, 성삼문 학사는 기記를 쓰고, 이현로 책사는 부賦를 쓰고, 그 외 명유문사들은 찬시를 섰거든.

비해당이 지은 「몽유도원기」를 내게 보여주었네.
내용이 진귀하며 뛰어나고 문장이 오묘하고 그윽한데,
그 깊숙한 시내와 들의 정경.
멀고 가까운 도화가 옛 시문과 다르지 않구나.
나 또한 노니는 곳에 있었던 바,
그 문장을 읽고 내가 감탄한 것을 깨닫지 못했네.
급히 옷깃을 여미고 감격하며 말하길,
'이런 일이 있었다니, 이 일은 기이 하도다', 하였네.……

박팽년 학사의 꾸밈없는 진솔한 고백이 선뜻 가슴에 와 닿더구나.

　가련타 수많은 옛 사람이여, 도원이 있고 없고의 시비를 가리고자 하여,
　헛되이 선경을 인간 세상으로 욕되게 하였으니.
　고기잡이배에 탄 사람이 꿈에서 깨어난 후,
　그곳에 이를 수 있었던 자는 두 번 다시 없었네.
　생각하건대 마땅히 하늘나라 진인眞人이 청청함을 사랑하고도 사랑해,
　십분 숨기어 비밀을 드러내지 않았네.
　그러므로 지금까지 천백 년이 이르도록,
　단 한 번만 고인高人의 꿈속에 들게 하였을 뿐이네.……

　성삼문 학사가 안평대군이 도원 꿈을 꾸게 된 내력을 밝혔다면, 신숙주 학사는 몽유도원도에 나타난 그림을 읊었어.

　바람 따라 구름문을 밟는데 언뜻 있는 듯 없는 듯,
　구불구불한 길 십 리를 잔뜩 빙 돌아 얽혔어라.
　초목이 무성한 곳이 다하고 홀연히 밝아져,
　정신이 빠져 삼천으로 접어드니 별천지일세.
　띠로 인 지붕 흙섬돌은 누구의 집이런가,

바람이 부딪히며 사립문은 여닫혀 반쯤 기울었네.
그윽한 숲속 새소리 들리는데 사람은 없고,
떨어지는 꽃잎과 향기로운 풀잎은 보는 이로 하여금 감탄
케 하네.……

성삼문과 신숙주, 그들 두 학사가 집현전을 드나들며 학
문을 연구하고 중국 요동 땅을 13번이나 다녀오면서까지 한
글 창제에 혁혁한 공을 세웠잖아. 하지만 계유정난으로 돌
이킬 수 없는 정적이 된 사실을 상기하며, 나는 오들오들 떨
기도 했단다.

최항 학사도 도원 꿈속의 동행자였다고 안평대군이 고백
할 정도로 그분들이 친한 사이였나 봐.

동구에 들어서 망연히 돌길을 헤매다가,
숲을 지나 갑자기 은자를 만났네.
그곳을 통해 가니 신선이 사는 천지가 광활하게 열리고,
앉아서 깨닫노라니 오래지 않아 세월이 한가하네.
백 구비 붉은 벼랑은 병풍이 막아 가린 듯하고,
천 구비 푸른 시내는 옥 소리 내며 흐르는구나.
높고 낮은 대나무 제방에 놀이 자욱하고,

가깝고 먼 복사나무 숲에 붉은 노을 어지럽게 빽빽하네.
......

부를 쓴 이현로 책사는 20명의 명유문사들이 쓴 글을 참고삼아 자신의 견해를 밝힌 내용인데, 다른 명유문사들보다는 길고도 긴 글을 남겼단다.

도원을 그림 그리니, 세상에서 다투어 자랑하네.
구해도 볼 수 없던 풍경을, 꿈에서는 현실 같았네.
꿈은 이제 길지 않으나, 그림은 가히 새롭구나.
그림 펴 놓고 꿈길 찾으니, 뼛속까지 맑은 느낌.
그림 보고 시를 읊으니, 눈은 한층 더 밝아지네.......

안평대군과 수양대군의 권력 다툼에서 수양대군이 승리한 이유 중 하나가 한명회 모사꾼을 책사로 삼았기 때문이라는 학자들의 견해가 지배적이잖아. 한명회 책사에 비하면 이현로 책사가 지략에선 한참이나 떨어진다는 학자들의 평도 있구. 게다가 1450년에 주조된 경오자가 안평대군의 글씨를 바탕으로 하였거든. 계유정난 이후 수양대군의 명에 의해 그걸 녹여 을해자로 주조되었을 정도로 안평대군이 소장한 그 명품 서화들도 서리를 당한 게 아니겠어. 이미 알려진 안견 화원의 오십여 점 그림들도 온전하진 못했을 거구.

어쨌든 안평대군은 두보 시인의 시에 자신이 붓글씨를 썼고, 안견 화원은 〈이사마산수도〉를 그려 시서화 삼절을 낳았잖아. 그런 이면엔 명유문사들을 자주 불러 시회를 열었으니, 덩달아 안견 화원도 '소상팔경 시첩' 〈임강완월도〉 등을 그렸어. 〈소상팔경 시첩〉에는 그 그림에 성삼문 학사가 읊은 시들이 압권이더라. 그건 소상팔경을 유람하지 않고는 태어날 수 없었을 거라는 학자들의 평 또한 있거든. 그 시절 중국으로 가서 소상팔경을 유람까지 하며 예술의 혼을 펼쳤던 안평대군과 안견 화원, 성삼문 학사를 상상해 봐. 막힌 가슴이 확 뚫리는, 하늘을 날 듯한 쾌감이 일지 뭐냐.

그 외에 안견 화원은 〈청산백운도〉 〈사시팔경도〉 같은 명작들도 그러려니와, 〈태조 어진〉, 태조가 탄 말인 〈팔준도〉 등 궁중 회화도 그렸어. 그리고 우리 민족 불멸의 혼인 〈몽유도원도〉를 낳은 배경에는 안평대군의 불타는 예술에 대한 집념과 안견 화원에 대한 아낌없는 배려가 있었기에 가능했을 거라는, 그런 화두에 휘말리는 것조차 가없는 학문의 경지와 경이로움에 젖기도 했단다.

10

"여기 오면 목이 말랐지?"

다미가 은초의 입술에 묻은 허연 거품을 손수건으로 닦는다. 상수리나무 북쪽 담 벽에는 나비 떼들이 옹달샘 주위를 팔랑거린다. 그 샘터는 안평대군 시절에는 계곡에서 흐르는 시내였다던데. 분위기를 살리기 위함인가. 옹달샘 옆엔 장독도 놓였고 조롱박도 담 벽에 걸렸다. 조롱박으로 생수를 떠 마시는 두 죽마고우를 유백 어른이 가만히 내려다본다.

"조롱박이 내리락오르락 했지?"

두 죽마고우는 양손을 마주잡고 합창한다. 옹달샘 앞에는 습지라 누군가가 벼와 미나리도 심어 자라므로, 은초는 눈여겨 살핀다.

"알렉산더 교수와의 열애는?"

다미가 궁금해 한다.

"한동안 신바람 내며 학문을 익히기도 사랑도 나누었지.

어느 날 그이가 딸을 데리고 연구실에 왔더라. 흑발에 검은 눈동자, 제 엄마를 닮았다며 내게 소개하는 거야. 그이 눈동자엔 더 이상 나의 별이 뜨지 않음을 목격했지. 홀아비 이상윤 교수가 내게 보낸 눈빛을 그이가 성인식을 치른 딸에게로 비치는 걸 보니…….”

아버진 내가 고삼 때 자궁병으로 숨진 엄마를 그리워하며 재혼도 않으셨거든. 엄마도 부암동을 무지 사랑해 태몽마저 복사꽃을 꾸고 나를 낳았대. 아버진 홀아비가 아니었다면 심장마비로 쉽게 숨지지도 않았을 테고. 아버지가 없는 서울은 서울이 아닌 것 같았어. 먼 나라로 유학 가서 마음껏 공부하고 자유를 누리고 싶었달까.

은초는 조롱박에 든 생수로 얼굴과 손도 씻는다.

“난 광화문 근처의 관광회사에 근무해. 외국인들을 우리나라 명소로 안내하는 가이드 노릇하고 있지. 독도로 가는 뱃길은 어찌나 파도가 심했던지 일곱 번째 도전 끝에 겨우 그곳에 발을 디뎠단다. 헬기를 타고 가면 쉬운 거지만 값이 엄청 드는 거잖아.”

“칠수생? 난 삼수 끝에 그리운 그 땅에 입맞춤 했거든. 그 후 두 번 더 다녀왔는데 갈 때마다 눈물이 쏟아지더라.”

"왜?"

"나의 영혼이 그곳에 숨 쉰달까. 꿈속에서도 독도는 대한민국 땅이라고 노래 부르니."

"이제까지 관광객들을 모시고 헬기 타며 열 번이나 더 다녀왔단다. 갈 때마다 나무 하나, 흙 한 줌도, 바람과 파도도 나를 반겨. 이젠 갈매기들조차도 내 어깨에 앉고는 말을 걸어온단다. 내가 잘 있었니? 하면, 누나의 어버이들과 형제들이, '독도는 대한민국 땅'이라고 하도 많이 노래해, 그 노래가 우리 새들 왕국의 애국가가 되었다니까', 라고."

은초와 다미는 서로 손을 맞잡고 통쾌하게 웃는다.

"그러기까지 나도 거듭난 삶을 살게 되었달까. 이유도 알 수 없는 열병으로 꼬박 달포를 꿍꿍 앓아누웠다 깨달았지. 사람을 미워해선 안 된다고. 그리하여 동경으로 갔더니 계모는 교통사고로 숨지고, 이복동생들과 화해하며 그들에 대한 미움의 가시를 제했단다. 아버님의 유언이 인간사에서 가장 우선적인 게 혈통이라며, 이복동생들과 사이좋게 지내라, 였는데, 난 그 사실을 애써 지워 버렸거든. 마침내 이복동생들을 대하자, 그들 눈동자가 아버님과 꼭 닮아 보였으니. 못 돼먹은 계집애에서 좀은 성숙해졌달까. 이젠 분명 독도는 대한민국 땅임을 만 천하에 공인받고, 몽유도원도도 대한민국의 빛나는 유산이라 그걸 돌려받기 위한 운동에 동참할 명분도 지니게 되었단다."

연이어 다미가 진지하게 뜻을 펼친다.

"독도를 무궁화 천국으로 하면 참 좋겠다 싶어, 갈 때마다 무궁화 모종을 심곤 한단다. 처음엔 열 그루를 심었는데, 훗날 가서 살피니 모두 말라버렸더라구. 그 후에 다시 열 그루를 심었더니 겨우 하나가 자라고, 그걸 되풀이 했더니 이젠 스무나무가 참하게 자란단다. 독도에 태극기를 휘날리게 하는 것도 중요하지만 무궁화 천국도 필요하거든."

"그 참 명언이로고."

은초도 뜻을 펼친다.

"이곳에서 몽유도원도 찬시문 낭송 대회를 열자꾸나. 그리하여 우리 대한민국 르네상스 시대였던 세종대왕 시절을 현재에 접목해 선인들의 발자취를 거울삼아, 21세기 대한민국 르네상스 시대의 기틀을 마련하는데 기여하자꾸나. 그런 사실을 기록한다면, 더욱 〈내 사랑 몽유도원도〉의 논문이 알차고 빛나겠지. 진정 나의 박사학위 면류관은 몽유도원도가 대한민국 국민들의 품에 안기는 그날의 감격 아니겠어.

안백순 박사님의 말씀처럼 몽유도원도야말로 인간이 꿈꾸는 낙원이요, 인간이 도달하고자 하는 봉우리요, 바로 우리의 쉴만한 쉼터거든. …… 난 조부의 유업인 '사고파' 고미술가게를 이어 가려고 해. 그 가게를 친척이 운영했는데, 이젠 내가 우리 가문 3대 째 주인이 되는 거야."

이어 은초가 이끈다.

"할아버지, 오늘 저녁은 저희가 여기서 마련할게요. 오곡밥과 미역국, 굴비구이랑 불고기, 돼지수육, 배추김치, 오이소박이, 상추쌈, 산적, 야채전, 수박과 참외, 복숭아도 상에 올릴게요. 무지개떡과 동동주도 마련했고요. 진초 언니가 도화차와 복숭아 잼도 준다고 하니 제가 구운 빵으로 동네 잔치를 열어도 괜찮겠죠? 세계 제일의 몽유도원도 요리를 선보일 테니까요."

다미도 이끈다.

"저희 고삼 가사선생님이 이 세상에서 가장 빛나고 아름다운 요리가 바로 그 요리라 하셨거든요."

"이거 원, 부암동에 경사 나면 인왕산 호랑이도 더덩실 춤출 테고. 몽도원, 그렇지. 진짜백이 몽유도원도를 돌려받기 위해 우리 부암동 주민들, 아니 대한민국 국민들이 너도

나도 합력해야 한다면, 나의 뱃심도 두둑해야겠네."

　유백 어른도 화답한다.

* 몽유도원도 그림 해설, 안휘준. 『안견과 몽유도원도』(㈜사회평론, 2009년). 몽유도원도 찬시문, 상기숙. 『몽유도원도 찬시문』(충청남도 서산 시청 문화관광과, 2008년)

작가의 말

오랜만에 일곱 중단편집을 선보인다. 6년 만이다.

그 기간을 날수로 따진다면 얼마나 기나긴 초조함의 연속이었을까. 날마다 손가락을 꼽으며 작품집을 꾸미기 위해 애달아했지만, 해마다 공백으로 끝나곤 했다. 열악한 출판 풍토와 재정의 궁핍함이 아우러진 거라 할지. 아니면 쉬이 결정 못 내린 나의 유약한 성품 탓일 게다.

이제껏 쓴 원고들을 불살라 버리고픈 충동으로 어찔어찔한 순간, 어떤 깨달음이 나의 뇌리를 스쳤다. 무조건 부딪혀 봐야 한다는 각오였다. 그리하여 탄생된 게 이번 작품집이다.

「명품 자화상」

신랑이 혼례식에 가져가는 게 목기러기다. 총각이 장가 가기 위해 나뭇조각을 다듬어 목안을 만들면 희한하게도 그와 닮았다고 한다. 일생에 단 한번 맺을 언약의 정표라면 혼과 얼이 총총 맺힌 사랑의 결정체라서 그럴 것이다.

목안을 통해 타인에게 비친 나의 자화상은 어떤 걸까. 그런 화두에 젖어 쓴 글이다.

목안이 꿈을 그린다면, 베개는 꿈을 꾸는 거다.

북녘에 두고 온 아내를 못 잊어 목안을 만들며 재회를 고대하던 의사와, 두 나라의 국적을 지녀 방황하던 혼혈아가 베개를 통해 연상의 여인에게 사랑을 확인하고 연을 맺는 과정을 담았다.

「나무를 향한 예의」

서울시 서초 사거리에 들어서면 기도드린 자세가 된다. 무언가 끌어당기는 힘, 신령스러움에 사로잡힌달지. 천년의 나이테를 지닌, 향나무를 향한 경애일 게다. 그만한 연륜을 지녔다면 우람한 체격을 뽐낼 만한데, 전연 그렇지 않다. 아담하면서도 기품 흐르는 자태가 마냥 좋다.

인간의 수명이 일백 세라면, 천년을 넘나드는 님에 대한 사모곡은 비단 나만이 누릴 특권은 아닐 것이다. 도시 개발이란 미명 아래, 어떻게 님의 둘레에 빵빵거린 차량들의 행렬을 일게 했을까. 님을 가운데 모시고 공원을 꾸민다면 좀 좋을까. 아쉬움을 달래기도 한다.

「오동나무 아래서」

나의 고향에서 일어난 이야기다. 풋사랑에서 사랑으로 이어진 과정에서 오줌싸개 동무들의 우정도 담았다. 오동나무 잎에 몸 부분의 홍점을 그리고 그걸 지우기 위해 개울가에 묻는 풍습은 아직도 유효한 내 고향의 전설이다.

그에 덩달아 오동나무 잎에 글자를 새겨, 기묘사화의 한 일화를 접붙여 새김질해 보는 것도, 작가가 누리는 특권은 아닐는지.

「동굴」

'폐광의 기적'이란 기치 아래 글로벌 문화관광 명소로 거듭나 세계인들에게 알려진 광명동굴을 답사해 쓴 내용이다. 때맞춰 그 동굴 앞에 〈라스코 복제동굴〉 순회전도 열려, 작품 구상에 윤기를 더했다 할지.

음유시인 남자와 자유기고가 여인이 광명동굴을 관람하며 불행했던 과거를 지우고 새로운 삶을 살기 위한 과정을 담았다.

거기에 앵무새란 아이콘을 등장 시켜 인류사인, 구석기 시대, 크로마뇽인들 등, 현재에 이르기까지 우주순환 원칙도 곁들여 보았다.

「나귀 타고 오신 성자」

운동권 중년 남자와 사법고시 십수생이 만나 전철 종착역에서 융건릉까지 동행하며 서로의 인생관에 공감대를 형성하는 내용이다.

전능자가 이 세상에 오신 이유는 뭘까.

좀은 고민해 봄직한 게 우리 인간들의 참 모습 아닐까.

「손에 뜬 달」

여름이면 봉숭아 꽃물들이기를 피서로 여긴, 나의 체험이 깃든 내용이다.

외동딸에게 복숭아 꽃물 들여주시던 친정아버님의 손길

이 마냥 그립다. 결혼해선 남편이 그러니, 나는 가슴팍에 행복이란 봉숭아 꽃물이 든 양 흐뭇해진다.

「내 사랑 몽유도원도」

세종대왕 당시 안견 화원이 불멸의 몽유도원도를 그린 내력과, 대한민국의 영원한 국보 몽유도원도가 왜 일본으로 건너갔는지, 그에 얽힌 사연도 담았다.

몽유도원도의 그림은 널리 알려졌다. 하지만 그에 따른 찬시문을 쓴 성삼문, 박팽년, 이개, 김종서, 정인지, 최항, 신숙주, 서거정 등, 그 당시 명유문사들의 찬시문들은 독자들도 그러려니와 학자들에게도 덜 알려져, 홍보 차원에서 쓴 글이라는 것도 밝히고 싶다.

작가는 숨겨진 보물을 캐서 세상에 알려야 할 소명을 지닌 자란 것도, 나의 못 말릴 고집이기도 하다.

글을 쓴다는 건 자신의 발자취를 더듬는 작업이며 희망을 향해 전진하는 인고의 행진이 아닐는지. 더불어 상상의 나래를 펼쳐 불변의 문장을 위해 쉼 없이 갈음하는 게 작가의 탐구 정신일 것이다.

글쓰기는 항시 나를 옥죄면서도 자유롭게 한다. 옥죄는 건 갊음의 한계를 극복하기 위한 노력일 테고, 자유로움은 불변의 세계로 입문하기 위한 참 명함을 지니는 것이다.

언제쯤일까. 나의 진짜배기 명함을 지닌 날은.

부족한 필력이라 마냥 부끄럽고 마냥 두렵다. 매끄럽지 못한 덜된 작업이지만 나의 진정성 고백이라면, 어지러운 세상에 사랑의 기념비 하나는 세울만한 가치가 있는 거라고, 자위해 본다.

언제나 저의 글을 애정으로 보살펴 주신 구인환 교수님, 따스한 격려사에 감히 고개 숙입니다. 부족한 글에 윤기를 더해 주신 이순원 선생님, 참 고맙습니다. 어려운 여건인데도 작가의 명맥을 유지하게끔 길을 틔워 주신 도화출판사 여러분에게도 고마운 마음 이를 데 없습니다.

2018년 3월 성 지 혜

나무를 향한 예의

초판 1쇄인쇄 2018년 3월 28일
초판 1쇄발행 2018년 3월 30일

저   자 성지혜
발행인 박지연
발행처 도서출판 도화
등   록 2013년 11월 19일 제2013-000124호
주   소 서울시 송파구 중대로34길 9-3
전   화 02) 3012-1030
팩   스 02) 3012-1031
전자우편 dohwa1030@daum.net
인   쇄 (주)상현디앤피
ISBN ┃ 979-11-86644-55-3*03810

정가 12,000원

도화道化, fool는
고정적인 질서에 대한 익살맞은 비판자,
고정화된 사고의 틀을 해체한다는 뜻입니다.